鳥羽 亮

妖《よう》剣《けん》跳《おど》る

剣客旗本奮闘記

実業之日本社

実業之日本社文庫

妖剣跳《ようけんおど》る　剣客旗本奮闘記　目次

寛永寺
車坂町
広徳寺
東本願寺
浅草寺
吾妻橋
浅草
上野
三枚橋
並木町
下谷
駒形町
諏訪町
谷長者町
御徒町通り
青井市之介の屋敷
下谷練塀小路
糸川俊太郎の屋敷
佐々野彦次郎の屋敷
伊庭道場
そば屋
瓦町
料理屋 浜富
神田佐久間町
笹川
福井町
茅町
本所
新シ橋
和泉橋
柳原通り
浅草御門
豊島町
両国広小路
柳橋
亀戸
竪川
両国橋
回向院
平永町
岩井町
馬喰町
奥州街道
米沢町
元町
一ツ目橋
相生町
横山町
二ツ目橋
緑橋
山崎屋
薬研堀
通油町
橘町
汐見橋
栄橋
日本橋
千鳥橋
田所町
久松町
大川
大伝馬町
富沢町
高砂橋
堀江町
高砂町
小川橋
伊勢町
親父橋
浜町
新大橋
室町
組合橋
本橋本町
浜町堀
小名木川
日本橋
小網町
江戸橋
荒布橋
鹿嶋屋
南茅場町
深川
行徳河岸
上ノ橋
楓川
八丁堀
永代橋
今川町
仙台堀
白魚橋
稲荷橋
油堀
門前仲町
富ヶ岡八幡宮
佃島

妖剣跳る
江戸地図
前田家上屋敷
不忍池
菊坂町
下谷広小路
湯島天神
本郷
同朋町
湯島
中山道
水道橋
神田明神
湯島聖堂
神田川
金沢町
駿河台
昌平橋
筋違御門
小川町
小柳町
須田町
大草主計の屋敷
神田多町
神田
一ツ橋御門
神田鍋町
江戸城
四谷御門
麴町
半蔵御門
呉服橋
桜田御門
赤坂御門
京橋
山下御門
紀伊国橋
山下町
山城河岸
東海道
新シ橋
土橋
木挽橋
木挽町
図版作成／ジェオ

〈主な登場人物〉

青井市之介……二百石の非役の旗本。青井家の当主

つる……市之介の母。御側衆大草与左衛門（故人）の娘

佳乃……市之介の妹

茂吉……青井家の中間

大草主計《かずえ》……市之介の伯父。御目付。千石の旗本

小出孫右衛門…大草に仕える用人

糸川俊太郎……御徒目付。市之介の朋友

佐々野彦次郎…御小人目付。糸川の配下

野宮清一郎……北町奉行所、定廻り同心

元造……野宮の岡っ引き

定吉……元造の下っ引き

妖剣跳《ようけんおど》る　剣客旗本奮闘記

第一章　憂国党

1

日本橋横山町《にほんばしよこやまちょう》――。暮れ六ツ（午後六時）前の雀色時《すずめいろどき》である。

表通りには、ぽつぽつと人影があった。供連れの武士、仕事を終えたぼてふり、出職《でしょく》の職人、町娘……などが、迫り来る夕闇に急かされるように急ぎ足で通り過ぎていく。

四人の武士が、日本橋方面にむかって足早に歩いていた。いずれも二刀を帯び、小袖に袴姿で、網代笠《あじろがさ》をかぶっている。四人は、すこし間を取って歩いていたので、行き交う人も不審を抱くようなことはなかった。

四人の前方に、浜町堀《はまちょうぼり》にかかる緑橋《みどり》が見えてきたとき、暮れ六ツを告げる石町《こくちょう》の鐘の音が聞こえた。

　すると、四人の武士の前を歩いていた町人体の男が、後ろを振り返って、

「旦那、急ぎやしょう。表戸をしめちまうと、面倒だ」

　そう声をかけ、足を速めた。

　男は三十がらみ、浅黒い顔をしていた。細縞の小袖を裾高に尻《しり》っ端《ぱし》折《しょ》りし、黒股引《ももひき》を穿いていた。

　表通りのあちこちから、店の表戸をしめる音が聞こえてきた。暮れ六ツの鐘を合図に、商いを終え、表戸をしめる店が多いのだ。

「あれが、山崎屋《やまざきや》ですぜ。まだ、表戸はあいたままだ」

　男が通り沿いの店を指差して言った。

　大店《おおだな》だった。土蔵造りの二階建ての店舗で、脇の立て看板に「呉服物品々　山崎屋」と記してあった。呉服屋らしい。

　山崎屋の大戸はあいていたが、丁稚《でっち》らしい男が店先に出ていた。大戸をしめようとしているところである。

　男は山崎屋の脇まで来ると、路傍に足をとめ、丁稚が大戸を半分ほどしめるのを待ってから、

「ごめんよ」

と、丁稚に声をかけて店に入ろうとした。

「あッ、お客さん、店仕舞いするところです」

丁稚が、男に声をかけた。

「なに、呉服を買いに来たわけじゃァねえんだ。すぐに済むから、戸をしめてくんな」

男はそう声をかけ、丁稚のそばに立った。

丁稚は戸惑うような顔をして、男に目をやった。

すると、男の脇を通って武士がひとり、店のなかに入ろうとした。その武士につづいて、三人の武士が足早に戸口に近付いてくる。

「お、お武家さま、店はしめました」

丁稚が、声を震わせて言った。顔が蒼ざめている。四人の武士は、客ではないと気付いたようだ。

「戸をしめろ」

ひとりの武士が、丁稚のそばに立っている男に言い、そのまま店内に踏み込んだ。後続の三人の武士がつづいて店に入った。ひとりは牢人であろうか。大刀を一本落とし差しにしていた。

「困ります」

丁稚が男につめよった。

すると、男はいきなり丁稚の肩先を掴み、

「おめえは、店に入ってな」

そう言うと、丁稚を突き飛ばして店に入った。そして、丁稚に代わって大戸をしめ始めた。

四人の武士は、店内の土間に立った。

店内は薄暗かった。土間の先がひろい売り場になっていて、何人もの手代と丁稚が、反物を片付けたり、反物の入った木箱を運んだりしていた。手代や丁稚たちは、店に踏み込んできた武士たちを見て、驚いたような顔をした。いきなり、店仕舞いした店内に、網代笠をかぶった武士が踏み込んできたからである。

売り場の脇の帳場には、番頭もいた。番頭は帳場机を前にし、帳面をひらいて何やら記載していたが、筆を持った手がとまっている。

「お、お客さま、店をしめましたので……」

手代のひとりが、震えを帯びた声で言った。武士たちが、ただの客でないと察知したようだ。

四人の武士は土間に立ったまま懐から黒布を取り出すと、鼻から下をおおって、頭の後ろで縛った。まだ、網代笠をかぶったままだが、顔が見えないようにしたらしい。

そこへ、戸口にいた丁稚がよろよろと店に入ってきた。

丁稚は、黒布で顔をおおった四人の武士を見ると、

「お、押し込み!」

叫び声を上げ、土間から売り場に上がって逃げようとした。

すると、土間に立っていた牢人体の武士が、すばやい動きで抜刀し、
キエッ!

と猿声のような甲走った気合を発し、体を捻るようにして斬り下ろした。一瞬
の太刀捌《たちさば》きである。

閃光《せんこう》が袈裟《けさ》にはしり、丁稚の背が斜に裂けて血が奔騰《ほんとう》した。

ヒイッ、と悲鳴を上げ、丁稚はよろめいたが、上がり框《がまち》に足をとられて売り場
の畳に俯《うつぶ》せに倒れた。

丁稚は血を撒《ま》きながら売り場を這って逃げようとしたが、手が自由に動かない

らしく、俯せになってもがいていた。飛び散った血が、売り場を赤く染めていく。

丁稚の悲鳴と物音を聞き付け、店の奥から何人もの手代や丁稚たちが駆け付けた。あるじらしい年配の男も姿を見せ、「ど、どうしたんです！」と、声をつまらせて訊いた。

そのとき、店のなかが急に暗くなった。町人体の男が、表戸をしめきったのだ。男は店の脇のくぐりのそばに立っている。

「騒ぐな。われらは、押し込みではない」

上がり框の近くにいた大柄な武士が、店の者たちに声をかけた。

「われらは、国の将来を憂える者だ。おとなしくしていれば、手は出さぬ」

さらに、大柄な武士が言った。この男が、頭目らしい。

「ゆ、憂国党《ゆうこくとう》……」

番頭が、声を震わせて言った。

ちかごろ、憂国の士と名乗る武士集団が、江戸市中の大店に押し入って金を奪うという事件がおきていた。江戸市民は、その一党を憂国党とか御用党と呼んでいた。番頭は、その噂を耳にしていたらしい。

「わが国を夷狄《いてき》から守るため、軍用金を出してもらいたい」

大柄な武士が言った。

夷は東方、狄は北方の異民族のことで、外国のことを嘲弄した言葉である。

この時代(弘化《こうか》のころ)、度重なる外国船の来航、尊王攘夷論のひろまり、幕府や諸藩の財政の逼迫などにより、幕藩体制はゆらいでいた。

そうしたなか、諸藩から出奔した浪士が江戸市中で争ったり、軍用金や御用金などと称して、商家から金を出させることがあった。

ただ、そうした事件を起こすのは一部の浪士で、江戸の治安はそれほど乱れてはいなかった。

2

「あるじの庄右衛門《しょうえもん》か」

大柄な武士が、年配の男に訊《き》いた。

「は、はい……」

庄右衛門の声は震えていた。顔が紙のように蒼ざめている。

どうやら、一味は山崎屋のあるじの名も、知っているようだ。おそらく、踏み込む前に店のことを探ったのだろう。

「軍用金として、千両箱をひとつ出してもらいたい。おれたちは、盗賊ではないのでな。店の有り金をそっくり出せとはいわぬ」

さらに、大柄な武士が言った。

「……！」

庄右衛門は、すぐに動かなかった。いや、恐怖で身が竦《すく》んで動けなかったのである。

「出さねば、皆殺しにして有り金を奪うことになるが、それでもいいか」

大柄な武士が、語気を強くして言った。

「だ、出します。番頭さん、千両箱をここに……」

庄右衛門が、番頭に声をかけた。

「わ、分かりました」

番頭は近くにいた手代ひとりを連れ、帳場の脇から奥へむかった。

大柄な武士をはじめ四人の武士は売り場に上がり、その場にいる庄右衛門や奉公人たちに切っ先をむけた。その場から逃げないように、店の者たちを取りかこんでいる。

いっときすると、店内はだいぶ暗くなってきた。明かり取りの窓から外の淡いひかりが入ってきたが、だいぶ見づらくなっている。

「行灯《あんどん》に火を点けろ」

大柄な武士が店の者に指示した。

すると、手代が行灯のそばに行き、帳場にあった小簞笥の引き出しから取り出した火打石を使って火を点けた。

そこへ、番頭と手代がもどってきた。手代が千両箱をかかえている。

「ここに置け」

大柄な武士が命じた。

手代が千両箱を置くと、大柄な武士が「あけてみろ」と番頭に命じて、千両箱をあけさせた。千両箱に小判が詰まっていた。千両ありそうである。

すぐに、ひとりの武士が懐から大きな風呂敷を取り出し、千両箱を包んだ。千両箱と分からないようにしたらしい。

「では、軍用金としてもらっておく。よいか、われらは盗賊ではないぞ。騒ぎたてれば、この店の者を斬らねばならぬ。……用心のために、ひとり店先に残しておくが、一刻（二時間）ほどは、店から出るな」

大柄な武士が、踵《きびす》を返した。

つづいて、千両箱を担いだ町人体の男と三人の武士がつづき、くぐりから出ていった。

あるじの庄右衛門をはじめ奉公人たちは、なす術もなく売り場につっ立ったまま、くぐり戸から出ていく五人の背に目をやっている。

店の外は、淡い夜陰につつまれていた。五人はそのまま山崎屋の店先から離れ、足早に表通りを浜町堀の方へむかっていく。ひとり店先に残すと言ったのは、店の者を外に出さないための虚言だったらしい。

ふたりの男が、憂国党の五人の跡を尾《つ》けていた。岡っ引きの元造《もとぞう》と下っ引きの定吉《さだきち》である。

半刻（一時間）ほど前、元造と定吉は、たまたま山崎屋の前を通りかかり、町人体の男が脇のくぐりからなかに入るのを目にしたのだ。

「あいつは、店の奉公人じゃァねえぜ」

元造は、すぐに、店に何か起こったらしい、と気付いた。

「定吉、ちょいと、店を覗いてみるか」

そう言って、元造は山崎屋の表戸に身を寄せた。

元造が、大戸に耳を当てると、

……われらは、国の将来を憂える者だ。

店のなかから、男の声が聞こえた。武家言葉である。元造は、すぐに憂国党だと気付いた。

「定吉、離れるぞ」

元造は声を殺して言い、足音を忍ばせて山崎屋の前から離れた。

元造と定吉は、山崎屋の斜《はす》むかいにあった店の暗がりに身を寄せ、山崎屋から憂国党が出てくるのを待った。

元造たちが騒ぎたてなかったのは、憂国党一味は武士集団であり、近所の住人が何人か集まったとしても、捕らえることはできないと分かっていたからである。

それから半刻ほどし、表通りが夜陰につつまれたころ、山崎屋のくぐりから五人の男が出てきた。

……やっぱり、憂国党だ。

元造は、胸の内でつぶやいた。

姿を見せたのは、四人の武士とひとりの町人だった。町人が風呂敷で包んだ物を担いでいる。千両箱ではあるまいか。武士たちは網代笠をかぶり、町人は手ぬぐいで頰っかむりしていた。顔を隠すためであろう。

「定吉、尾けるぞ」

元造と定吉は、一味の跡を尾け始めた。一味の行き先をつきとめるのである。

一味が浜町堀にかかる緑橋のたもとまで来たとき、ふいに、五人の姿が見えなくなった。

「やつら、左手にまがりやした」

定吉が、声を殺して言った。

「走るぜ」

元造と定吉は走りだした。

ふたりは橋のたもとまで来て、左手に目をやったが、一味の姿はなかった。浜町堀沿いの道は月光に照らされ、夜陰のなかに仄白《ほのじろ》く浮き上がったように見えていた。辺りに人影はない。

「あそこ、船寄だ！」

元造が浜町堀を指差した。

見ると、浜町堀の船寄に何人かの人影があった。舫《もや》ってある猪牙舟《ちょきぶね》に乗り込もうとしている。

「舟で逃げる気だ」

定吉が船寄を見つめながら言った。

猪牙舟の艫《とも》に立ち、棹《さお》を手にしているのは、町人体の男だった。男は舟を使い慣れているらしく、艫に立った姿には船頭らしい雰囲気があった。

町人の男は四人の武士が乗り込むのを待ち、水押《みよ》しを南にむけた。そのまま浜町堀を南に進めば、大川《おおかわ》に出られる。

「親分、後を追いやすか」

定吉がうわずった声で訊いた。

「無駄だ。舟の方が速《はえ》え。それにな、大川に出られたら、どうにもならねえ」

元造は橋のたもとに立ったまま、遠ざかっていく舟に目をやった。

五人の乗った舟は浜町堀の水面を滑るように進み、しだいに遠ざかっていく。

3

「市之介《いちのすけ》、やっと涼しくなりましたねえ」

つるが目を細めて言った。

「庭の紅葉《もみじ》も、色付いてきました」

青井《あおい》市之介が、庭の隅に植えてある山紅葉に目をやりながら言った。

つるは、市之介の母である。歳は四十代後半。色白で首が長く、ほっそりとした体付きをしていた。何となく、鶴に似ている。

ふたりがいるのは、青井家の屋敷の縁側である。

「市之介、今日は出かけるのかい」

つるが間延びした声で訊いた。

「出かけるつもりですが……」

そう言ったが、市之介は出かける当てはなかった。

市之介は二百石の旗本、青井家の当主である。四年ほど前、父親の四郎兵衛《しろべえ》が亡くなり、青井家を継いだのである。ただ、非役だったため、やることがなく暇を持て余していたのだ。

市之介は二十代半ば、まだ独り身である。目鼻立ちがととのい、なかなかの男前だが、どことなく間の抜けた感じがした。目尻がすこし下がっているせいもあるが、連日怠惰な暮らしをしているのが、顔にあらわれているのかもしれない。

「市之介、涼しくなったことだし、浅草寺《せんそうじ》にお参りにでも行かないかい」

寡婦のつるも、いつも暇を持て余しているのだ。

……きたな！

市之介は、胸の内で声を上げた。

つるは、家族といっしょに名所旧跡に行楽に出かけ、美味しい物を食べることを楽しみにしていた。それで、季節の変わり目などには、決まって遊山に出かけることを口にするのだ。

「まだ、残暑は厳しいですよ」

市之介は、手の甲で額をぬぐい、汗を拭く真似をした。

「出かけるには、いい季節ですよ。……そうだ、佳乃《よしの》も連れて、三人で行きましょう」

つるが身を乗り出して言った。

「……」

市之介は渋い顔をして口をつぐんだ。

佳乃は市之介の妹だった。十七歳の娘盛りだが、まだ子供らしさが残っている。

佳乃も遊山に出かけるのは、大好きだった。

青井家は、市之介、つる、佳乃の三人家族である。こうした遊山の話になると、市之介は、どうしても女ふたりに押し切られるのだ。

「佳乃を呼んで来ましょう」

つるが、踵を返した。

そのとき、戸口の方から庭にまわってくる足音が聞こえた。だれか、走ってくる。

「茂吉《もきち》だ！」

市之介が、大きな声を出した。

その声で、つるの足がとまった。市之介は、つるが佳乃を呼んでこないよう、わざと大きな声を出したのだ。

茂吉は青井家に仕える中間《ちゅうげん》だった。青井家の奉公人は茂吉のほかに、通いの女中のお春《はる》、飯炊きの五平《ごへい》がいるだけである。

二百石の旗本は、侍、槍持ち、馬の口取り、甲冑持ちなど、四、五人の奉公人は雇わねばならない。ところが、非役の青井家は内証《ないしょ》が苦しく、奉公人は茂吉たち三人が、やっとだった。

そうしたこともあって、家族で遊山などなかなかできないのだ。青井家は奥向のやりくりをする用人《ようにん》を雇っていなかったので、家の切り盛りは市之介の仕事だった。もっとも、切り盛りといっても、市之介の場合は札差《ふださし》から渡される金を必要に応じて使うだけである。

一方、つるは大身の旗本の家に生まれ、金に苦労をしたことがなかった。それで、家の内証など頓着しないのだ。

「母上、何かあったようですよ」

市之介がつるに声をかけた。

「何でしょうねえ」

つるが、おっとりした声で言った。

「だ、旦那さま、大変《てえへん》だ！」

茂吉が声をつまらせて言った。顔が赭黒《あかぐろ》く染まっている。だいぶ、急いで来たらしい。

茂吉は五十がらみ、短軀で、猪首《いくび》だった。妙に大きな顔をしている。その上、げじげじ眉で厚い唇をしていた。みるからに悪党らしい顔付きだが、心根はやさしかった。すこしおっちょこちょいである。

通常、旗本は奉公人などから、殿さまと呼ばれる。ところが、茂吉は市之介を旦那さまと呼び、ときには、旦那だけですますこともあった。青井家は旗本とはいえ二百石で、しかも非役だった。暮らしぶりは御家人と変わらないし、市之介が呼び方などまったく気にしなかったので、茂吉は平気でそう呼ぶのである。

「茂吉、何があった」

市之介が訊いた。

「出やした、憂国党が！」

茂吉が声高に言った。

「憂国党か、それは大変だ」

市之介が驚いたように声を上げた。

非役の旗本である市之介には、憂国党と何のかかわりもなかった。市之介が驚いて見せたのは、屋敷を出るいい口実になる、とみたからである。

「おまえ、何が大変なのだい。それに、憂国党って何なの」

つるは首をひねった。屋敷にいることの多いつるは、憂国党のことを耳にしていなかったらしい。

「憂国党は、いま江戸を荒らしまわっている賊ですよ。それも、武士集団のようです」

「おまえ、町方ではないでしょう。盗賊には、かかわりがないと思うけど……」

つるは首をひねった。

「母上、それがしが、伯父上の依頼で事件の探索にあたっていることをご存じでしょう」

つるの兄は、御目付の大草主計《おおくさかずえ》だった。千石の大身《たいしん》である。御目付は旗本を監察糾弾《きゅうだん》する役で、しかも御家人を監察糾弾する御徒目付《おかちめつけ》と御小人目付《おこびとめつけ》を支配している。したがって、御目付は幕臣全体に目をひからせ、素行や犯罪に対処しているといってもいい。

市之介は、大草があつかった事件のおりに頼まれて探索にあたり、ときには下手人を捕縛《ほばく》することもあったのだ。

「でもねえ、おまえが、行くことはないと思うけど……」

つるは、腑に落ちないような顔をした。

「旦那さま、糸川《いとかわ》さまも出かけたようですよ」

茂吉が口を挟んだ。

「なに、糸川も行ったのか。すぐに、行かねばならぬ」

糸川俊太郎《しゅんたろう》は、大草の配下の御徒目付だった。これまで、市之介は糸川ととももに事件にかかわることが多かった。

糸川は、青井家にも姿を見せたので、つるも知っていた。

「母上、行ってきます」

市之介が意気込んで言った。

「仕方ないねえ。浅草寺のお参りの話は、またにしましょう」

つるが、肩を落とした。

4

「茂吉、場所はどこだ」

市之介は表門から出ると、すぐに訊いた。

「通油町《とおりあぶら》でさァ」

「大店か」

「へい、呉服屋の山崎屋でさァ」

「近いな」

市之介は山崎屋を知っていた。つると佳乃にせがまれ、山崎屋で呉服を買ったことがあったのだ。

青井家の屋敷は、下谷練塀小路《したやねりべいこうじ》近くにあった。武家屋敷のつづく通りを南にむかい、神田川にかかる和泉橋《いずみばし》を渡り、さらに表通りを南に進めば、通油町に出られる。

「憂国党が、山崎屋に押し入ったのは、いつだ」

市之介が足早に歩きながら訊いた。

「昨日の夕方のようですぜ」

「それにしても、茂吉はよく知っているな」

「お屋敷に来る途中、糸川さまとお会いして話を聞いたんでさァ」

市之介と茂吉は、武家屋敷のつづく通りを抜け、和泉橋の近くまで来ていた。

橋上を町人や供連れの武士などが行き来していた。いつもと変わらない和泉橋の光景である。

市之介たちは、和泉橋を渡り、内神田から日本橋の町筋に入った。しばらく歩くと、山崎屋のある表通りに突き当たった。

その表通りを両国《りょうごく》方面にすこし歩くと、山崎屋の土蔵造りの店舗が見えてきた。店の前に人だかりができている。

通りすがりの町人が多いようだが、武家の姿もあった。八丁堀《はっちょうぼり》の同心もいるようだ。八丁堀同心は、羽織の裾を帯に挟む、巻き羽織と呼ばれる独特の恰好をしているので、遠目にもそれと知れる。

「旦那、糸川さまがいやすぜ」

茂吉が足を速めながら言った。

いつの間にか、市之介を旦那さまでなく、旦那と呼んでいた。茂吉は市之介が事件の探索などにあたったとき、まるで町方の手先にでもなったように、平気で旦那と呼ぶ。

市之介は、何も言わなかった。旦那さまでも、旦那でもたいしたちがいはないと思っていたのだ。

糸川は、山崎屋の戸口にいた。脇の板戸が一枚だけあいている。糸川のそばに佐々野彦次郎《ささのひこじろう》の姿もあった。彦次郎は、糸川の配下の御小人目付だった。まだ若く、二十歳前後である。

糸川は市之介を目にすると、

「青井、ここに来てくれ」

と声をかけた。そこから、店のなかが見えるらしい。

糸川は二十代後半だった。大柄で、腰がどっしりしていた。眼光が鋭く、武辺者らしい厳《いか》つい面構えである。

「憂国党らしいな」

市之介が糸川に身を寄せて訊いた。

「そのようだ。……見ろ、野宮《のみや》どのも来ている」

糸川が店のなかを指差した。

薄暗い店内に、大勢の男たちが集まっていた。店の奉公人や八丁堀同心の手先たちのなかに、北町奉行所の定廻《じょうまわ》り同心の野宮清一郎《せいいちろう》の姿もあった。糸川は野宮のことをよく知っていた。これまで、糸川は、何度か野宮と同じ事件にかかわったことがあったのだ。市之介も、糸川ほどではないが、野宮のことは知っていた。

「ひとり、殺されている」

糸川が、売り場を指差した。

上がり框近くに、男がひとり俯せに倒れていた。周辺が、飛び散った血で赭黒く染まっている。

その死体のそばに、野宮は立っていた。店のあるじらしい年配の男もいる。

「死骸《ほとけ》を拝んでみるか」

糸川が小声で言った。

「そうだな」

市之介たちは店内に入り、倒れている男のそばに近寄った。

いつの間にか、茂吉の姿がなくなっていた。

市之介は、近くで聞き込みでもしているのだろう、と思い、捜しもしなかった。

茂吉はこうした事件の場に臨むと、岡っ引きにでもなったような気になって、聞き込みにあたることがあるのだ。

「糸川さんたちか」

野宮が市之介たちに目をむけた。

「その男は？」

糸川が、死体に目をやって訊いた。

「丁稚の梅吉《うめきち》だ」

野宮が言った。

上がり框近くに俯せに倒れている梅吉の肩から背にかけて、斜に裂けていた。

傷口が赭黒くひらき、背骨が白く覗いていた。出血が激しかったらしく、周囲は血の海である。

「遣い手だな」

市之介がつぶやいた。顔がひきしまり、双眸《そうぼう》が鋭いひかりを宿している。顔から、ふだんの間の抜けた感じが消えている。

市之介は心形刀流《しんぎょうとうりゅう》の遣い手だった。刀傷を見て、下手人の腕や太刀筋を見抜く目を持っている。

市之介は少年のころから、御徒町にあった伊庭軍兵衛秀業《いばぐんべえひでなり》の心形刀流の道場に通ったのだ。伊庭道場は、江戸の四大道場といわれ、大勢の門人を集めている名門だった。

市之介は剣術の稽古が嫌いではなく、熱心に稽古に取り組んだ。それに、剣の天稟《てんぴん》もあったようで、二十歳ごろには、師範代にも三本のうち一本を取れるほどの腕になった。

ところが、数年前に道場をやめてしまった。父が死んで青井家を継いだこともあったが、そのころ剣の腕など磨いても何にもならない、という思いが強くなったのだ。非役の旗本には、剣術など必要なかったのである。

「剛剣だな」

糸川の顔もけわしかった。

糸川も市之介と同じ伊庭道場に通って修行し、心形刀流の遣い手だった。歳は市之介よりふたつ上だが、入門がいっしょだったので、お互い朋友のような口をきく。

「糸川、この件にかかわっているのか」

市之介が、糸川に身を寄せて訊いた。

幕府の目付筋の者たちは、町奉行や火附盗賊改とはちがう。幕臣の起こした事件にだけかかわるのだ。それも、御目付の指示があってからのことである。

「そうだが……。こっちに来てくれ」

糸川が、声をひそめて言った。

5

「青井、話しておきたいことがある」

糸川が、市之介を土間の隅に連れていった。その場に集まっている者たちに、聞かせたくない話らしい。

「なんだ」

市之介が訊いた。

「実は、十日ほど前に、御目付さまに呼ばれたのだ」

「伯父上か」

糸川は、大草の配下だった。御目付といえば、大草ということになる。

「そうだ。御目付さまは、憂国党のことを懸念されているのだ。一味のなかに、幕臣がくわわっているという話があってな。……幕臣が憂国党などと名乗り、商家から金を脅しとったのでは、幕府の立場がないというわけだ」

「もっともだ」

「それで、われらにひそかに探索を命じたのだ」

「まァ、そうだろうな」

御目付としては、憂国党の者が町方や火附盗賊改に捕らえられる前に、始末したいはずだ。

「御目付さまは、青井にも頼むような口振りだったが、まだ、話はないのか」

糸川が訊いた。

「ない」

「おそらく、ちかいうちにあるはずだ。そのときは、手を貸してくれ」

「伯父上から、話があったらな」

市之介は、自分から大草の屋敷に行くつもりはなかった。いまの市之介には、憂国党が何者であろうと、かかわりはないのである。

「これから、店の者に訊いてみる。青井もいっしょに話を聞いておいてくれ」

「分かった」

話を聞くだけなら、どうということはない。どうせ、暇潰しに来たのである。

市之介は糸川とともに、店の売り場にもどった。

糸川が帳場の近くにいた番頭らしい年配の男に名を訊くと、

「番頭の繁蔵《しげぞう》でございます」

と、震えを帯びた声で答えた。昨夜は寝てないのか、顔に疲労の色が濃かった。

「賊の人数は？」

さらに、糸川が訊いた。

「五人でした」

番頭によると、武士が四人で、町人がひとりとのことだった。

「金を奪われたのか」

「は、はい、千両でございます」

繁蔵が、金を憂国党に奪われたときの様子を話した。

「千両か。大金だな……」

糸川は顔をしかめた。憂国党は、口では軍用金として出させるようだが、押し込みと変わりはなかった。

糸川が口をとじたとき、

「丁稚の梅吉を斬ったのは、武士だな」

市之介が念を押すように訊いた。

「そ、そうです。後ろから、いきなり斬りつけました」

大柄な武士の脇にいた武士だという。

「顔を見ているのか」

「いえ、お侍は四人とも顔を隠しておりました」

繁蔵によると、四人は網代笠をかぶり、黒布で鼻の下を隠していたという。

「それでは、人相は分からぬな。……何か気の付いたことはないか」

「刀をふるったとき、奇声を上げました」

「奇声だと」

「気合かもしれません」

「どんな気合だ」

すぐに、市之介が訊いた。

「まるで、猿の鳴き声のようでした」

「猿の鳴き声な」

市之介は、糸川に、覚えはあるか、と小声で訊いたが、糸川は首をひねっただけだった。

「それに、体を捻るようにして刀を振り下ろしました」

「体を捻ったのか」

市之介は、特異な剣らしいと思った。

さらに、糸川が五人のことを訊いたが、あらたなことは分からなかった。

市之介は糸川に、

「おれは帰るが、どうする」

と、訊いた。これ以上、山崎屋にとどまっても得ることはない、と思ったのだ。

それに、腹がすいてきたのである。

「おれは、彦次郎といっしょにもうすこし聞き込んでみる」

「おれは、帰るぞ」

そう言い残し、市之介が戸口から外に出ると、茂吉が近寄ってきた。

「ヘッヘヘ……。旦那、お待ちしてやしたぜ」

茂吉が腰をかがめ、揉み手をしながら言った。

「茂吉は、何をしてたんだ」

市之介が歩きながら訊いた。

「ちょいと、聞き込みを」

茂吉は、腰をかがめたまま後ろについてきた。

「それで、何か知れたのか」

「てえしたことは分からねえが、元造っててえ御用聞きが、一味の跡を尾けたようですぜ」

茂吉によると、元造が他の岡っ引きに話しているのを聞いたという。

「一味の行き先が、分かったのか」

市之介が足をとめて訊いた。行き先が分かれば、何者かも知れる。

「それが、緑橋のたもとまで尾けて逃げられたそうでさァ」

「どういうことだ」

「近くの船寄に、猪牙舟がとめてありやしてね。やつら、それに乗って逃げたようで」

「舟まで用意してたのか」

市之介は、歩きだした。

「旦那、どうしやす」

茂吉が市之介に身を寄せて訊いた。

「どうもせん。おれは、町方ではないからな」

「旦那はそう言いやすがね、また、御目付さまのお指図で、下手人を捜すことになりやすぜ」

茂吉も、市之介が大草の依頼で事件の探索にあたることを知っていた。

「どうかな」

市之介は気のない返事をした。

「御目付さまのお指図があってから動いたんじゃァ、遅《おせ》え。ようがす、あっしが探ってみやしょう」

茂吉が意気込んで言った。

どういうわけか、茂吉は捕物好きだった。市之介が事件にかかわると、岡っ引きのような顔をして、嗅ぎまわるのだ。もっとも、青井家で、草取りや庭木の手入れなどしているより、町を歩きまわった方が気が晴れるのだろう。

「勝手にしろ」

市之介は、すこし足を速めた。

6

秋らしい涼気をふくんだ微風が、庭の色付いた紅葉を揺らしていた。風に当たっていても寒さは感じなかった。陽射しがあるせいらしい。

アアアッ、
市之介は両手を突き上げて伸びをした。しばらく、縁側に出て庭を眺めていたのだ。

……糸川のところへでも行ってみるか。

市之介は暇を持て余していた。気晴らしに糸川を訪ね、憂国党の探索の様子でも訊いてみようと思った。

縁側から座敷にもどったとき、廊下を歩く足音がして障子があいた。顔を出したのは、妹の佳乃である。

「兄上、見えてますよ」

佳乃が市之介の顔を見るなり言った。

佳乃は色白で、ふっくらした頬をしていた。ぽっちゃりした可愛い顔をしている。母親とちがって、肉置《ししお》きは豊かだった。父親に似たにちがいない。性格もおっとりしている母親とは反対に、少々慌て者である。

「だれが来ているのだ」

「小出《こいで》さまです」

小出孫右衛門《まごえもん》は、御目付の大草主計に仕える用人である。小出は、大草家の遣いとしてときおり青井家に顔を見せるのだ。

「そうか」

市之介は気のない返事をしたが、やっと、来たか、と胸の内で思った。山崎屋で、糸川から憂国党の探索にあたっていると聞いたときから、すぐに、伯父上から話がある、と市之介はみていたのだ。ところが、なかなか大草からの話はなかった。山崎屋に出かけてから、十日も経っている。

「兄上、お会いしないのですか」

佳乃が戸惑うような顔をして訊いた。

「いや、会う。伯父上からの言伝《ことづて》があるにちがいない」

市之介は客間にむかった。

客間では、つるが小出と話していた。市之介が入って行くと、小出はすぐに話をやめ、「青井さま、お久しゅうございます」

と、笑みを浮かべて言った。

小出は、長く用人として大草家に仕えており、つるとは話が合うようである。すでに、還暦にちかい歳だが、矍鑠《かくしゃく》として老いを感じさせなかった。

「伯父上の用件かな」

市之介が訊いた。

「そうです。青井さま、それがしとご同行願いたいのですが」

小出が声をあらためて言った。

「小川町《おがわまち》の屋敷か」

大草家の屋敷は、神田小川町にあった。

「はい、殿は下城後、青井さまとお会いしたいようです」

「伯父上の用件なら、行かねばなるまいな」

市之介は、支度してくる、と言って、立ち上がった。小袖に角帯だけだったので、羽織袴姿に着替えるのである。

市之介の家から、神田小川町は近かった。神田川にかかる昌平橋《しょうへいばし》を渡れば、すぐである。

大草家にむかう途中、市之介は、

「用件は何かな」

と、小出に訊いてみた。

「さァ、それがしは聞いておりませんが」

小出が素っ気なく言った。

大草家の屋敷は、小川町の大身の旗本屋敷のつづく通りにあった。千石の旗本にふさわしい門番所付の堅牢な長屋門を構えている。

「こちらです」

小出は市之介を庭に面した座敷に案内した。そこは親しい者を通す座敷で、市之介が大草と会うとき、いつも使われる。

座敷に座していっとき待つと、廊下に足音がして障子があいた。姿を見せたのは、大草だった。下城後、着替えたらしく、小紋の小袖に角帯というくつろいだ格好だった。

「市之介、待たせたな」

大草が笑みを浮かべて言った。

大草はすでに五十路を越えていた。面長で鼻が高く、頰がこけていた。つるに似て、ほっそりした華奢《きゃしゃ》な体付きだが、細い目には能吏《のうり》らしい鋭いひかりが宿っている。

「どうだ、つると佳乃は息災か」

大草が訊いた。

市之介と顔を合わせると、大草が真っ先に口にする言葉である。市之介にとっては、挨拶代わりのように聞こえる。

「はい、ふたりとも元気です」

「それはよかった」

大草が目を細めた。

「伯父上、どのようなご用件でしょうか」

市之介の方から切り出した。

「市之介、憂国党の噂は耳にしているな」

大草が急に声を低くして言った。顔の笑みが消えている。

「はい」

「憂国党のなかに、幕臣がいるらしいのだ」

大草が顔をしかめた。

「幕臣が……」

市之介は驚いたような顔をして見せた。すでに、糸川からその話は聞いていたが、初めて聞くようなふりをしたのである。

「幕臣でありながら、徒党を組んで商家から金を脅しとるとはな。……許しがたい者どもだ」

大草の顔が、憤怒に赭黒く染まった。大草がこれほどあからさまに、怒りを言葉にするのは、めずらしいことだった。

「目付としては、放ってはおけぬ」

「……」

市之介は、無言でうなずいた。

「そこで、市之介に頼みがある」

大草が急に声音を変えて言った。

「なんでしょうか」

「すでに、糸川たちは探索にあたっているが、おまえも手を貸してくれ」

「で、ですが、それがしは、目付筋ではございませんし……」

市之介は、すぐに承諾するわけには、いかなかった。相手が憂国党となると、命懸けである。

「おまえは、二百石の扶持《ふち》を得ておるが、何のご奉公もしておらぬな」

大草が、市之介に事件の探索を頼むとき、いつも口にする言葉だった。初めは肩身の狭い思いがしたが、いまは、またか、と思うだけで何も感じなかった。

「非役でございますので……」

好きで、幕府に奉公してないわけではない。公儀がそうさせているのである。

「うむ……」

大草は渋い顔をして口をつぐんだが、

「分かった。いつものように、手当てを出そう」

そう言って、いくぶん表情をやわらげた。ちかごろは、いつもそうだった。大草は市之介に仕事を頼むとき、手当てを出すのだ。

大草は懐から袱紗《ふくさ》包みを取り出し、

「百両ある。これで、どうだ」

と言って、袱紗包みを市之介の膝先に置いた。

「百両でございますか」

市之介は相好をくずした。いつも百両だったので、それほどの感慨はないが、百両あれば、当分金の心配はせずに済む。つると佳乃を参詣に連れていき、帰りに旨い物を食うこともできる。

「不服か」

「とんでもございません。ありがたく頂戴いたします」

市之介は袱紗包みを手にし、恭《うやうや》しく額に押し当てた。

「では、これにて」

市之介が立ち上がろうとした。

「待て」

大草が、市之介をとめた。

「憂国党には、腕のたつ者がいるらしい。市之介、無理して捕らえようと思うな。此度《こたび》は斬ってもかまわん。……それに、おまえが斬り殺されるようなことになれば、わしはつるや佳乃に顔向けできんからな」

めずらしく、大草がやさしい声で言った。

「伯父上のお心遣い、肝に銘じて事件にあたります」

市之介は大草に低頭してから立ち上がった。

7

神田小柳町《こやなぎちょう》、表通りから路地に入ってすぐのところに剣術道場があった。道場としては、ちいさく、板壁に武者窓がなければ、ただの仕舞屋《しもたや》と思うかもしれない。

戸口に「直心影流　剣術指南」の看板が下がっていたが、道場内から稽古の音は聞こえてこなかった。

古い道場で板壁は破れ、軒先が垂れ下がっている。つぶれかかった道場のようである。

その道場のなかに、ふたりの男が胡座《あぐら》をかいていた。道場主の八木吉兵衛《やぎよしべえ》と師範代の村川弥平《むらかわやへい》だった。ふたりの膝先に、貧乏徳利が置いてあった。ふたりは、湯飲みで酒を飲んでいたのである。

「まったく、ちかごろの若いやつは、骨がない。稽古を荒くすると、すぐにやめるのだからな」

八木が渋い顔をして言った。

八木は四十がらみ、眉が濃く、頤《おとがい》が張っていた。剽悍《ひょうかん》そうな面構えである。武芸の修行で鍛えた体らしく、首が太く、胸が厚かった。

「門弟が、だいぶすくなくなりました」

村川は、三十代半ばだった。道場では、八木に次ぐ遣い手である。

「これでは、道場をとじるしかないな」

いま、稽古に通ってくる門弟は、四、五人しかいなかった。その門弟たちも休みがちで、ちかごろはひとりも姿を見せない日もある。今日も、門弟は姿を見せなかった。しかたなく、ふたりは買い置きの酒を飲み始めたのである。

「玄武館《げんぶかん》や練兵館《れんぺいかん》など、名のある道場にみんな集まってしまう」

そう言って、八木が顔をしかめた。

玄武館は、北辰一刀流《ほくしんいっとうりゅう》、千葉周作《ちばしゅうさく》の道場で、練兵館は神道無念流《しんとうむねんりゅう》、斎藤弥九郎《さいとうやくろう》の道場だった。両道場とも、江戸の三大道場と謳われ、大勢の門弟を集めていた。

ちなみに、三大道場のもうひとつは、鏡新明智流《きょうしんめいちりゅう》、桃井春蔵《もものいしゅんぞう》の士学館《しがくかん》である。

「こうなったら、日傭取《ひようと》りでもやるか。それとも、辻斬りでもやるかだな」

村川がつぶやくように言って、湯飲みの酒を飲み干した。

村川は御家人の冷や飯食いだった。兄が家を継いで嫁をもらったので、家に自分の居場所もなかったのだ。

「辻斬りでもやるか」

八木がそう言ったとき、戸口の引き戸があき、足音が聞こえた。ひとりではなく、何人かいるようである。

「お頼み申す!」

と、声が聞こえた。武士らしい。

「おい、道場破りか」

八木が言った。

「見てきます」

すぐに、村川が立ち上がった。

村川が、三人の武士を道場に連れてきた。ふたりは、羽織袴姿だった。大刀を手にして、小刀だけ腰に差している。もうひとりは牢人らしく、総髪で、黒鞘の大刀を一本落とし差しにしていた。

「なんだ、そこもとたちは」

八木は、手にした湯飲みを膝先に置いた。

村川は八木の背後にまわり、座らずに立っていた。顔がこわばり、三人の武士を睨むように見すえている。

……遣い手だ！

八木は三人の武士を見て、すぐに察知した。

三人とも、隙がなかった。それに、腰が据わり、身辺に剣の遣い手らしい鋭い剣気がただよっていた。

三人の武士も、八木の腕のほどを探るように鋭い目をむけていたが、大柄な武士が、「この男なら使える」と、他のふたりに小声で伝えた。

ふたりの武士は、無言でうなずいた。

「それがしは、菅谷武左衛門《すがやぶざえもん》。八木どのと同じように道場をひらいている。もっとも、いまはとじているがな」

大柄な武士が、八木に目をむけて言った。声はおだやかだった。身辺からはなたれていた剣気も消えている。

八木も剣気を消し、

「神道無念流の菅谷道場か」

と、静かな声で言った。

八木は、木挽町《こびきちょう》に、神道無念流の道場があるのを知っていた。もっとも、道場を見たこともなかったし、門弟がどれほどいるのかも知らなかった。木挽町は京橋の南、三十間堀《さんじっけんぼり》沿いにひろがっている。

おそらく、菅谷は斎藤弥九郎の道場で修行し、独立して木挽町に道場をひらいたにちがいない。

「座らせてもらうぞ」

菅谷が道場の床に座ると、他のふたりも腰を下ろした。

八木の後ろで立っていた村川も座った。村川の身辺からはなたれていた剣気も消えている。

「それで、何の用だ」

八木が声をあらためて訊いた。菅谷たちは、道場破りではないらしい。

「つかぬことを訊くが、八木どのは、これから先もこの道場をつづけていくおつもりかな」

「つづけたいが、見たとおりの荒れ道場でな。いま、ここにいる村川と日傭取りでもやるかと、話していたところだ」

「それだけの腕がありながら、日傭取りをやることはあるまい」

「だが、霞を食って生きてはいけぬし、道場破りをして金を得たとしても、そのときだけだ」

八木は、江戸中の道場をまわっても破れる道場はかぎられているし、長くはつづかないことを知っていた。

「どうだ、われらと道場をひらく気はないか」

菅谷が八木を見つめて言った。

「そこもとたちと、道場をひらくだと!」

思わず、八木が声を上げた。

村川も驚いたような顔をしている。

「そうだ。おれは、道場でなく、武道所と呼ぶつもりでいる。玄武館や練兵館をはるかに越える大きな武道所を建て、剣だけでなく、槍や柔術も指南するつもりだ。そのためには、何人もの指南者がいる。……そこもとたちふたりも、武道所の指南役にどうかと思って、ここに来たのだ」

「し、しかし、そのような道場、いや、武道所を建てるには、莫大な資金が……」

八木が声をつまらせて言った。

「その金も、集まりつつあるが、まだ足りない」

菅谷が刺すような目で八木を見すえた。

そのとき、黙って訊いていた牢人が、

「金は、あるところから出させるのだ」

と、低い声で言った。総髪で痩身。面長で頬がこけていた。蛇を思わせるような細い目をしている。

「あるところとは」

村川が訊いた。

「ぼろ儲けしている商人だ」

菅谷が、刺すような目で八木を見た。

「……！」

八木は無言のまま菅谷と目を合わせていた。

ふたりは動かなかった。息詰まるような緊張がふたりをつつんでいる。

ふいに、八木が肩を落とし、

「おぬしら、憂国党か」

と、つぶやいた。顔がけわしくなり、虚空を睨むように見すえている。

「憂国党なら、どうするな」

菅谷が訊いた。

「よかろう。……辻斬りよりはましだ」

八木は村川に目をやり、「おぬしは、どうする」と小声で訊いた。

「それがしも、くわわります」

村川が、うわずった声を上げた。

「これで、われらの仲間は六人だ。町方も目付筋も恐れることはない」

菅谷が強い口調で言った。

第二章　返り討ち

1

　市之介は大草と会った三日後、佐久間町《さくまちょう》にある笹川《ささがわ》というそば屋に足をむけた。糸川たちと会うことになっていたのだ。笹川はそば屋としては大きな店で、二階にも客を入れる座敷があった。

　昨日、彦次郎が青井家に顔を出し、

「明日、笹川に来てください。糸川さまに、言われてきました」

　と、知らせたのだ。

　市之介たちは何か相談があると、笹川に集まることが多かった。市之介や糸川の屋敷に集まるより、気兼ねなく話せるのだ。

笹川のあるじに案内されて二階の座敷に行くと、糸川と彦次郎が待っていた。

市之介の顔を見ると、糸川が酒とそばを頼んだ。

先に酒がとどき、三人で注ぎ合って喉を潤してから、

「青井、御目付さまから話があったようだな」

糸川が切り出した。

「ああ、憂国党の探索を頼まれたよ」

市之介は、百両の手当てをもらったことは伏せておいた。

「ありがたい。青井が手を貸してくれれば、百人力だ」

糸川がほっとした顔をした。

「憂国党は、盗賊とはちがうからな」

「下手をすると、おれたちが返り討ちに遭う」

糸川が顔をけわしくした。

「うむ……」

市之介も、厄介な相手だと思っていた。憂国党は、武士集団だった。しかも、
腕のたつ者もいるようだ。

「憂国党に金を奪われた他の店にもあたって、話を訊《き》いてみたが、手口は山崎屋

のときとほぼ同じだ」

糸川が、呉服屋の田島屋《たじまや》と船問屋の松川屋《まつかわや》の名をだした。いずれも、名の知れた大店《おおだな》である。

「やはり、奪われたのは千両か」

「そうだ」

「きゃつら、三店で三千両もの大金を手にしたわけだな。軍資金と口にしたようだが、いったい何に使うのだ」

市之介は、軍資金は名目だろうとみていた。何者が首謀者か分からないが、わずか数人の者が兵を集めて、幕府なり国外から渡航した異人なりに戦いを挑むなど狂気の沙汰だった。結局、奪った金は自分たちの欲求を満たすために、酒色や賭け事などに使われるのではあるまいか。

市之介が思ったことを口にすると、

「まだ、吉原や岡場所で、それらしい者が大金を使ったという話は聞いていないのだ」

糸川によると、此度《こたび》の件は大草以外の御目付も動き、何人もの御徒目付《おかちめつけ》や御小《おこ》人目付《びとめつけ》が探索にあたっているという。

「町方は、どうだ」

「むろん、町方も動いている」

糸川が、野宮の他にも何人かの町方同心が探索に当たっていることを話した。

「それだけの者が探索にあたっているなら、何とか尻尾がつかめるのではないか」

市之介は、ちかいうちに憂国党を捕縛《ほばく》できるかもしれないと思った。

「どうかな」

糸川は厳しい顔をくずさなかった。

つづいて口をひらく者がなく、三人は手酌で酒を注いで飲んでいたが、

「それで、おれはどうすればいい」

と、市之介が糸川に訊いた。目付筋の者が大勢探索にあたっているなら、自分の出る幕はないのではないかと思ったのだ。

「青井には、剣術の筋を探ってもらいたいのだ」

糸川が声をあらためて言った。

「剣術の筋とは？」

「おれのみたところ、憂国党の四人は、いずれも腕がたつようだ。……実は、田

島屋の店の前で、ひとり憂国党に斬られた者がいるのだが、そのときも一太刀で仕留められたらしい」

糸川が聞いた目撃者の話によると、憂国党が田島屋から千両奪って店を出たとき、仕事を終えて通りかかった左官と鉢合わせになった。すると、憂国党のひとりが、いきなり抜き打ちざまに左官を斬り捨てたという。

「そやつ、山崎屋の丁稚を斬った者ではないか」

「ちがうようだ。大柄な武士だったというからな」

「うむ……」

丁稚を斬ったのは、大柄な武士とは別の男だと市之介も聞いていた。

「おれは、憂国党は腕のたつ者たちが集まっているような気がするのだ」

「それなら、剣術の道場にあたってみるか」

憂国党は、同じ道場の門弟だった者の集まりかもしれない、と市之介は思った。

それから、市之介たちはとどいたそばで腹拵《はらごしら》えをしてから笹川を出た。

陽は西の空にかたむいていたが、まだ七ツ（午後四時）前だろう。秋の陽射しが、神田川沿いの通りを照らしていた。

市之介たちが、通りを歩きだしたとき、背後で走り寄る足音がし、

「旦那ァ！」

と、呼ぶ声が聞こえた。振り返ると、茂吉が走ってくる。

「どうした、茂吉」

市之介が訊いた。

「て、大変《てえへん》だ！　元造が殺《や》られた」

茂吉が声をつまらせて言った。遠方から走ってきたらしく、顔が赭黒《あかぐろ》く染まり、肩で息をしていた。

「元造とは、何者だ」

市之介は、元造という名に思い当たる者がいなかった。

「ご、御用聞きの元造ですよ。……あっしが、山崎屋の前で、旦那に話したでしょうが」

茂吉が、顔をしかめて言った。

「ああ、一味の跡を尾《つ》けたという岡っ引きか」

「そうでさァ」

「だれに、殺されたのだ」

元造は憂国党の手にかかったのではないか、と市之介は思った。

「分からねえ。ともかく、旦那に知らせようと思って飛んできたんでさァ」

「場所はどこだ」

市之介は、行ってみる気になった。

「浜町堀の緑橋の近くで」

「近いな」

市之介は、糸川たちに目をやり、どうする、と訊いた。

「行ってみよう」

糸川が言うと、彦次郎もうなずいた。

市之介たちは、神田川にかかる和泉橋を渡って、柳原《やなぎわら》通りに出た。そして、柳原通りをいっとき東にむかってから右手の通りに入り、南にむかった。しばらく町筋を歩けば、浜町堀に出るはずである。

市之介は日本橋の町筋を歩きながら、

「茂吉、どうしておれが笹川にいることを知ったのだ」

と、訊いた。茂吉に、笹川に行くと話した覚えはなかった。

「お屋敷に帰《けえ》り、佳乃さまからお聞きしたんでさァ」

「そうか」

市之介は、屋敷を出るとき、つると佳乃には話しておいたのだ。

そんなやりとりをしながら歩いているうちに、浜町堀沿いの通りに出た。いっとき歩くと、前方に緑橋が見えてきた。

「橋の先の船寄の近くですぜ」

茂吉が糸川たちにも聞こえる声で言った。

2

市之介たちが緑橋のたもとまで来ると、

「あそこでさァ」

茂吉が、前方を指差した。

浜町堀の岸際に人だかりができていた。通りすがりの者もいるようだったが、町方の手先らしい男が目についた。町奉行所の同心もふたりいた。

「野宮どのもいる」

糸川が足を速めながら言った。

北町奉行所の定廻《じょうまわ》り同心、野宮清一郎の姿もあった。

「前をあけてくれ」

茂吉が声をかけると、人だかりが左右に分かれて道をあけた。武士が三人も駆け付けたので、野次馬たちは恐れをなしたようだ。

「あっしは、ちょいと、聞き込んできやす」

そう言い残し、茂吉は市之介のそばから離れた。その場に集まっている者たちから、話を聞くつもりらしい。

市之介たち三人が、人だかりのなかに入ると、

「おぬしたちか」

野宮が、声をかけた。

野宮の足許に、男がひとり仰向けに倒れていた。周辺に、どす黒い血が飛び散っている。

「御用聞きの元造だ」

野宮が足許に横たわっている男に目をやって言った。

元造は目を剝き、口をあんぐりあけたまま死んでいた。上半身が血に染まっている。肩から胸にかけて袈裟《けさ》に斬られていた。小袖が斜に裂け、赤黒くひらいた

傷が見えた。深い傷で、血溜まりのなかに肋骨が白く見えた。

「正面から、袈裟に一太刀か」

糸川がつぶやくような声で言った。

「剛剣だな」

下手人は剛剣の遣い手らしい、と市之介は思った。

「元造は、おれが使っていた手先だ」

野宮がけわしい顔をして言った。

「下手人は、だれか分かっているのか」

糸川が訊いた。

「だれに斬られたかは分からねえが、憂国党の者にちがいねえ」

野宮が急に伝法な物言いをした。町奉行所の定廻り同心や臨時廻り同心は、市中巡視や事件の探索のおりに、ならず者や無宿人などと接する機会が多く、どうしても言葉遣いが乱暴になるのだ。

「定吉、ここへ来い」

野宮がすこし離れた場所に立っていた若い町人を呼んだ。定吉という名らしい。

「定吉は元造が使っていた下っ引きだ。……定吉、もう一度、昨日のことを話してみろ」

野宮が定吉に命じた。

「ゆ、夕方、親分とあっしは、そこの船寄を見張っていやした」

定吉が声を震わせて話しだした。

定吉と元造は、昨日、陽が沈むころ、岸際の柳の樹陰に身を隠していたという。

元造は定吉に、

「憂国党は狙った大店に出向くときに、この船寄を使ってるにちげえねえ。ここを見張ってれば、やつらの行き先がつかめるはずだ」

そう、話したという。

元造は、山崎屋で金を奪った憂国党の跡を尾けて、この船寄から猪牙舟《ちょきぶね》に乗って逃げたのを目にしていたのだ。

「それで、どうした」

市之介が話の先をうながした。

「憂国党のやつらが、あらわれたんでさァ」

定吉がうわずった声で言った。

「姿を見せたのか！」

市之介が声を上げた。

糸川と彦次郎も、身を乗り出して話を聞いている。

「へい」

定吉によると、ふたりの武士と船頭が船寄で下りて、浜町堀沿いの道を北にむかったという。

「跡を尾けたのだな」

「お、親分とあっしで、三人の跡を尾けやした」

定吉の声が震えた。

緑橋のたもと近くまで来たとき、定吉たちは背後から走り寄る足音を聞いたという。

振り返ると、武士がふたり、走ってくる。ふたりとも網代笠《あじろがさ》をかぶっていた。ひとりは、刀の柄に手をかけている。

「憂国党だ！」

元造が叫んで、逃げようとして走りだした。

だが、前を歩いていた三人が、反転して迫ってきた。挟み撃ちである。

元造と定吉は足をとめ、逃げ場を探した。そこへ、背後から迫ってきた武士のひとりが、元造の前にまわり込んで、いきなり斬りつけた。

ギャッ！　と絶叫を上げ、元造が身をのけ反らせた。

定吉は恐怖に身が竦《すく》み、よろよろと後ろへ逃げた。そこへ、別の武士が抜き身を手にして、迫ってきた。

定吉はさらに後ろへ下がった。

と、定吉の体が空に浮いた次の瞬間、急斜面を転がり落ちた。岸際から足を踏み外したのである。

ザザザッ、と激しい音がし、定吉は葦《あし》を薙《な》ぎ倒して浜町堀の水際まで落ちた。

定吉は立ち上がると、両手で葦を掻き分けながら、堀の水のなかに踏み込んだ。

憂国党は、堀の中までは追ってこないと思ったのである。

定吉は腰ほどの深さまで水に入ると、通りにいる武士たちから逃げるために南にむかった。辺りが夕闇につつまれ、よく見えなかったこともあって、武士たちは追ってこなかった。

「あっしは、何とか逃げられやしたが、親分は……」

定吉が急に涙声になった。

そのとき、定吉のそばに立っていた野宮が、

「今朝、定吉が八丁堀に報《し》らせに来て、元造が殺られたことを知ったのだ。それで、ここに来たわけだ」

そう言い添えた。

「迂闊に、張り込みもできないというわけか」

糸川が言った。

「憂国党は武士集団だ。いつ殺られるか、分からねえ。それに、身装《みなり》から見て幕臣もいるらしい。……こうなると、手先たちは二の足を踏むだろうな」

野宮は、これは町方の仕事ではない、糸川さんたち目付筋の者でやってくれ、そう言いたげだった。

「うむ……」

糸川は口をつぐんだ。

町奉行が支配するのは町人である。牢人なら別だが、下手人が幕臣と知れれば、町方としても手が出しづらいし、武家屋敷の中に踏み込んで捕縛することもできない。おそらく、八丁堀同心は、本腰を入れて探索に当たらないだろう。

話を聞いていた市之介は、

……これが、憂国党の狙いかもしれない。

と、思った。

「ともかく、憂国党の正体をつかまねばならないな」

市之介は、糸川と野宮のふたりに聞こえるように言った。

3

市之介が座敷で着替えていると、障子があいて佳乃が顔を出し、

「兄上、兄上、佐々野さまが、おみえです」

と、うわずった声で言った。

佳乃の色白の顔が、朱を刷《は》いたように染まっている。佳乃は、若く端整な顔立ちをしている彦次郎を好いているようだった。もっとも、恋といえるようなものではなく、若い娘が役者に憧れるような思いらしい。

「何の用だ」

市之介は、わざと素っ気なく訊いた。

市之介は本郷にある矢萩《やはぎ》道場に行くつもりで支度していたのだ。道場主の矢萩茂三郎《もさぶろう》は伊庭道場の高弟だった男で、独立して本郷《ほんごう》に町道場をひらいたのだ。市

之介は伊庭道場に通っていたころ、矢萩に指南を受けたことがある。

　市之介は矢萩に訊けば、憂国党にかかわっている者のことが分かるかもしれないと思ったのである。

「用件は、うかがっていません。佐々野さまは、兄上にお会いしたい、と口にされただけです」

　佳乃が言った。

「それなら、庭にまわしてくれ」

　市之介は座敷で話すより、庭の方がいいだろうと思った。今日は小春日和で、気持ちのいい朝だった。

「上がっていただかなくて、いいんですか」

　佳乃が、戸惑うような顔をした。

「庭でいい」

　市之介は袴を穿き終えると、縁側に足をむけた。

　佳乃は、仕方なさそうに踵《きびす》を返して玄関にむかった。

　市之介が縁側で待つと、彦次郎が姿を見せた。どういうわけか、佳乃が頬を赤らめて彦次郎の後ろからついてくる。

彦次郎の顔がこわばっていた。何かあったらしい。

「どうした、彦次郎」

すぐに、市之介が訊いた。

「重田《しげた》さまと伊勢《いせ》どのが、斬られました」

彦次郎が背後に立っている佳乃を気にしながら言った。

「重田どのは、徒目付の者だったな」

市之介は、重田という名の御徒目付がいることを糸川から聞いていた。伊勢は、重田の配下の御小人目付かもしれない。

「そうです。ふたりは憂国党を探っていたのです」

「糸川は」

「糸川さまは、ふたりが殺された現場にむかいました」

彦次郎が、重田たちは薬研堀《やげんぼり》近くの大川端で斬られたことを話した。彦次郎は糸川の指示で、市之介に知らせに来たという。

「すぐ、行く。玄関先で、待っていてくれ」

市之介が踵を返すと、

「兄上、佐々野さまに、お茶でも……」

佳乃が慌てた様子で言った。

「大事が出来《しゅつらい》した。茶は、またの機会だ」

市之介はそう言い置いて、座敷に入った。

玄関先にまわると、彦次郎と佳乃が待っていた。

市之介と彦次郎は木戸門から出ると、武家屋敷のつづく通りを南にむかった。

薬研堀は遠くなかった。

和泉橋を渡り、両国広小路《りょうごくひろこうじ》を経て大川端を南にむかって歩くと、薬研堀にかかる元柳橋《もとやなぎばし》が見えてきた。

「あそこです」

彦次郎が指差した。

大川の岸際に人だかりができていた。通りすがりの町人や八丁堀同心の手先もいるようだったが、武士が目についた。幕府の目付筋の者が集まっているのではあるまいか。

市之介が人だかりに近付くと、岸際に立っている糸川の姿が見えた。

糸川は、市之介たちの姿を目にすると、

「ここに、来てくれ」

と、声をかけた。

市之介と彦次郎は、人垣を分けるようにして糸川に近付いた。

「見てくれ、重田どのだ」

糸川が足許を指差した。

「こ、これは……！」

市之介は息を呑んだ。

凄絶な死顔だった。重田は、仰向けに倒れていた。頭から額にかけて斬り割られていた。傷口が柘榴《ざくろ》のようにひらいている。顔は赭黒い血に染まり、カッと見開いた両眼が、白く浮き上がったように見えた。

「真っ向に、一太刀か」

市之介がこわばった顔で言った。

「下手人は遣い手だな」

「そうらしい」

正面から、一太刀で仕留めたのである。手練《てだれ》とみていいだろう。

「下手人は、憂国党らしいぞ」

糸川が言うと、脇に立っていた若い武士が、

「そ、それも、六人のようです」

と、声を震わせて言った。

若い武士の名は小菅勝之助《こすげかつのすけ》で、重田の配下の御小人目付だという。

「六人だと」

思わず、市之介が聞き返した。

「は、はい」

「小菅どのは、重田どのたちといっしょにいたのか」

「いえ、この付近をまわって聞き込み、昨夕、ここを通りかかった職人から話を聞いて分かったのです」

その職人の話によると、仕事帰りに一杯ひっかけ、薄暗くなってからここを通りかかったとき、ふたりの武士が六人の武士に取りかこまれて斬り合っているのを目にした。そのふたりが、重田と伊勢だという。

「憂国党の武士は四人ではないのか」

市之介は、一味は武士が四人と町人がひとりと聞いていた。

「ふたり、増えたとみていいな」

糸川が言った。顔がこわばっている。四人でも手を焼いているのに、それが六人に増えたのだ。

「伊勢どのも、斬られたと聞いているが」

市之介は、彦次郎から重田と伊勢が斬られたと聞いていた。

「むこうだ」

糸川が、川下を指差した。

十間ほど離れたところにも、人だかりができていた。ここより人数はすくないが、岸際に武士や通りすがりの町人が集まっていた。

市之介たちは、人だかりを分けて岸際に近付いた。見ると、叢《くさむら》のなかに武士がひとり俯《うつぶ》せに倒れていた。武士のまわりに、血が小桶で撒《ま》いたように飛び散っている。

「伊勢は、首を斬られている」

糸川が身をかがめて、倒れている武士の首を指差した。

「伊勢どのも、一太刀だ」

下手人は、刀身を横に払って伊勢の首を斬ったらしい。遣い手でなければ、できないだろう。

「ところで、重田どのと伊勢どのは、どうしてここに」

市之介が訊いた。

すると、糸川の後についてきた小菅が答えた。

「ふたりは、行徳河岸《ぎょうとくがし》にある船問屋の鹿嶋屋《かしまや》に来た帰りではないかと思います」

小菅によると、重田たちは、ふたりの武士が、鹿嶋屋に出入りしている船頭から店のことをいろいろ聞いていた、との情報をつかんだ。それで、念のために鹿嶋屋に様子を訊きにきたのではないかという。

「それを察知した憂国党の者どもは、重田どのたちを待ち伏せしたのだな」

市之介は、憂国党の者たちが、元造を殺ったときと手口がそっくりだと思った。

「おい、これは罠かもしれんぞ」

糸川がけわしい顔をして言った。

そばにいた市之介、彦次郎、小菅の顔が、いっせいに糸川にむけられた。

「憂国党の探索にあたっている者たちをおびき出し、待ち伏せして始末しているのではないかな」

めずらしく、糸川の声がうわずっていた。

「そうかもしれん。元造たちにつづいて、目付筋の者を狙ったのだな」

市之介が低い声で言った。顔がひきしまり、虚空にむけられた双眸《そうぼう》が猛禽《もうきん》のようにひかっている。

4

市之介が、玄関から出ると糸川が待っていた。ふたりは、これから本郷へ行くつもりだった。

重田と伊勢が斬られた二日後である。糸川や市之介たちは、念のため薬研堀界隈で聞き込んだり、鹿嶋屋のあるじから話を聞いたりしたが、憂国党のことであらたに分かったことはなかった。

市之介が糸川に、「明日、本郷の矢萩どのにお会いして、話を聞いてみるつもりだ」と話すと、糸川が、「それなら、おれも行こう」と言い出し、ふたりで行くことになったのだ。

市之介と糸川は下谷の町筋を西にむかい、御成《おなり》街道を横切って本郷へ出た。そして、中山道《なかせんどう》をいっとき歩き、加賀前田家の上屋敷の前を通り過ぎてから左手の路地に入った。

武家屋敷のつづく路地をしばらく歩くと、前方に矢萩道場が見えてきた。道場の側面が武者窓になっていて、そこから気合や竹刀を打ち合う音などが聞こえてきた。稽古中らしい。

「稽古中なら、矢萩どのは、おられるな」

市之介が言った。

「入ってみよう」

市之介と糸川は、玄関から入った。土間につづいて、狭い板敷きの間があった。その先の板戸のむこうから、激しい稽古の音が聞こえてきた。板戸の奥が、稽古場になっているのだ。

「お頼みもうす！　どなたか、おられぬか」

市之介が声を上げた。

道場の稽古の音はやまなかったが、いっときすると正面の板戸があいて、門弟の坂下恭之助《さかしたきょうのすけ》が姿を見せた。

市之介と糸川は、坂下を知っていた。坂下は矢萩道場の高弟で、市之介たちが道場を訪ねたとき、何度か顔を合わせていたのである。

「糸川どの、青井どの、ようこそ」

坂下が笑みを浮かべて言った。

「矢萩どのは、おられようか」

市之介が訊いた。

「道場におられます」

「われらふたり、矢萩どのにお聞きしたいことがあって参ったのだが、その旨、伝えていただけようか」

「しばし、お待ちくだされ」

そう言い置いて、坂下はいったん道場にもどった。

待つまでもなく、坂下はもどってきて板間に座した。

「お師匠は、お会いするそうですが、稽古が終わるまで、待ってほしいとのことです。……稽古はすぐ終わります」

坂下はそう言って、市之介と糸川を道場の奥の母屋に案内した。そこは、庭の見える客間だった。市之介たちが道場を訪ねると、そこに通されることが多かった。

庭側の障子があいていて、梅、山紅葉、松などが見えた。山紅葉が色付き、秋の陽射しのなかで赤く輝いていた。

しばらく待つと、障子があいて矢萩が入ってきた。小袖と袴姿に着替えていたが、顔はいくぶん紅潮していた。稽古の後の体の熱《ほて》りが残っているようだ。

矢萩は五十がらみだった。胸が厚く、肩幅がひろかった。腰が据わっている。

身辺に剣の達人らしい、威風がただよっていた。

矢萩は市之介たちの前に腰を下ろすと、

「青井、糸川、久し振りだな」

と言って、相好をくずした。

糸川が時宜を述べてから、

「矢萩どのにお聞きしたいことがあってまいりました」

と、声をあらためて切り出した。

市之介は、この場は糸川にまかせようと思い、黙っていた。

「なにかな」

「ちかごろ、憂国党なる者が巷を騒がしておりますが、噂はお聞きでしょうか」

糸川が訊いた。

「聞いておる。……いずれも武士だそうだが、商家から金を脅しとるなど、夜盗とかわらぬな」

矢萩の顔に怒りの色が浮いた。

「一味の者たちは、いずれも腕がたつようです。……剣術道場の者たちがかかわっているると、みているのですが、何か心当たりはありませんか」

糸川が慌てて、矢萩道場の者ではありません、と言い添えた。

「ないな。……腕がたつというだけでは、分からん」

矢萩が首をひねった。

「これまで、何人も殺されていますが、いずれも一太刀で、仕留められています。真っ向や袈裟に、強い斬撃をあびせられていました」

糸川が言った。

「うむ……」

矢萩はいっとき虚空に視線をとめて記憶をたどるような顔をしていたが、分からん、と言って首を横に振った。

そのとき、市之介が、

「ひとり、奇妙な気合を発する者がおります」

と、口をはさんだ。

「奇妙な気合とは」

「猿の声のような気合です」

市之介は、山崎屋の番頭の繁蔵から聞いたことを思い出したのだ。

「猿の声だと」

矢萩が身を乗り出すようにして言った。

「それに、体を捻るようにして、斬り下ろしたそうです」

「霞捻《かすみひね》りだ！」

矢萩が声を大きくして言った。

「矢萩どの、ご存じですか」

市之介が身を乗り出した。

「い、いや、噂を聞いたことがあるだけじゃ。たしか、上州から江戸に流れてきた馬庭念流《まにわねんりゅう》の手練が、霞捻りという技を遣うとき、そのような気合を発すると耳にしたな」

馬庭念流は、上州馬庭の地の樋口《ひぐち》家に伝わる流派で、上州一帯にひろまり、江戸にも馬庭念流を遣う者がいた。

「そやつの名は、分かりますか」

「名は知らぬ」

「霞捻りという技は、馬庭念流にあるのですか」

さらに、市之介が訊いた。

「いや、馬庭念流に、霞捻りという技はないはずだ。わしは、その者が上州を流れ歩き、廻国修行の者や土地の親分の喧嘩にくわわったりして、ひとを斬るうちに身につけた技だと聞いているが……。確かなことは分からんな」

矢萩が首を捻った。

「霞捻りとは、どんな太刀かご存じですか」

市之介は、どんな太刀か気になった。いつか、霞捻りを遣う者と立ち合うかもしれない、と思ったのだ。

糸川も矢萩に目をむけて、次の言葉を待っている。

「一歩脇に踏み出し、体を捻るようにして袈裟や真っ向に斬り込むようだ。それが、迅《はや》いらしい。……脇から迅く斬り下ろすため、一瞬太刀筋が見えなくなる。それで、霞捻りと呼ばれているそうだ」

矢萩の顔はけわしかった。双眸が鋭いひかりを宿している。

「その者は、いまも江戸にいるのですか」

市之介が念を押すように訊いた。

「どこかに、いるはずだ。道場の客分として逗留しているようだが、長くはとどまらないらしい。道場の扱いが気に入らないと、別の道場に鞍替えするようだ」

「……」

市之介は、道場にあたってみるしかない、と胸の内で思った。

「ふたりは、霞捻りと立ち合うつもりなのか」

矢萩が市之介と糸川に目をむけて訊いた。

「そうなるかもしれません」

市之介が答えた。

「わしは、霞捻りと立ち合ったことがないのでな、はっきりしたことは言えぬが、真剣勝負で、威力を発揮する太刀だな。……脇から斬り込まれると、太刀筋が見えなくなるからな」

矢萩は、そこで一息ついた。

「……！」

市之介は息をつめて矢萩の次の言葉を待った。

「遠間から仕掛けるといいかもしれん。……霞捻りは、遠間から踏み込んで斬る太刀ではない。近間で、体を捻って斬り下ろす太刀だ。遠間で仕掛ければ、霞捻りは遣いづらいはずだ」

矢萩の声に、高揚したひびきがあった。矢萩はひとりの剣客として、霞捻りと立ち合うときのことを脳裏に描きながら話したようだ。

「遠間で、勝負か」

市之介がつぶやくような声で言った。顔が紅潮し、双眸が射るようなひかりをはなっている。

5

「旦那！　旦那——」

庭で、茂吉の声が聞こえた。

何かあったらしい。茂吉は屋敷内にいるのに、市之介のことを旦那と呼んでいる。興奮しているせいだろう。

すぐに、市之介は座敷から縁側に出た。

「旦那、また、やられた！」

茂吉が市之介の顔を見るなり声を上げた。

「だれか、殺されたのか」

「憂国党が、鹿嶋屋に押し入ったんでさァ」

「なに、鹿嶋屋だと」

思わず、市之介も声を上げた。

憂国党は、ちかいうちにどこかの大店に押し入って、千両を奪うのではないか、との思いはあったが、鹿嶋屋のことは念頭になかった。重田たちを待ち伏せするために、鹿嶋屋を利用しただけだとみていたからである。

「糸川さまたちも行きやしたぜ」

「おれも行く」

市之介は座敷にもどって大小を手にすると、玄関にむかった。

市之介の慌ただしい足音を聞いて、つるが驚いたような顔をして戸口に出てきた。

「市之介、どうしたんだい。そんなに慌てて……」

つるが、間延びした声で訊いた。

「出かけてきます。大事が出来しました」

こんなときは、つると話していられない。市之介でも、苛々《いらいら》してくるのだ。

「そうかい。気をつけるんだよ」

どういうわけか、つるは市之介に出かける理由を訊かなかった。

「は、はい」

市之介は、すぐに戸口から飛び出した。

「あっしが、お供しやすぜ」

茂吉が先にたった。妙に張り切っている。ちかごろ、茂吉を連れて歩くことがなかったので、屋敷で退屈していたようだ。

市之介たちは、神田川にかかる和泉橋を渡り、大川端に出ると、南に足をむけた。そのまま川沿いの道をたどれば、鹿嶋屋のある行徳河岸に出られる。

行徳河岸は日本橋川や大川に近く、船で荷を運ぶのに適した地だった。通り沿いに、船で荷を運ぶ船問屋や米問屋などの大店が並んでいる。

日本橋川沿いの小網町三丁目まで来ると、

「旦那、あれが、鹿嶋屋ですぜ」

茂吉が声を上げ、川沿いの大店を指差した。

土蔵造りの大きな店だった。脇に船荷をしまう倉庫が二棟並び、裏手には白壁の土蔵もあった。表戸はしまっていたが、脇の一枚だけあいていた。そこから、出入りしているらしい。

店先に、人だかりができていた。通りすがりの者が多いようだが、武士も交じっていた。岡っ引きらしい男はいたが、八丁堀同心の姿はなかった。行徳河岸は、八丁堀に近いので町奉行所の同心の耳には入っているはずだが、憂国党と知って敬遠したのかもしれない。

市之介は茂吉を連れて人だかりの近くまで来ると、

「茂吉、近所で聞き込んでみてくれ」

と、指示した。

「合点で」

茂吉はニヤリと笑い、市之介から離れた。

戸口に彦次郎が立っていた。市之介に気付くと、すぐに近寄ってきて、

「糸川さまは、なかに」

と、小声で知らせた。

市之介は店の脇の板戸のあいているところから、なかに入った。店内は薄暗かった。ひろい土間があり、その先に座敷があった。商談の場らしい。

店内に、大勢の人影があった。店の者や目付筋の者たち、それに野宮の姿もあった。何人か手先らしい男もいた。野宮だけは、憂国党と知っても様子を聞きに

きたようだ。

糸川は、店のあるじらしい年配の男と話していた。市之介は、すぐに糸川に近付いた。

「おお、青井か。あるじの長兵衛《ちょうべえ》から、話を聞いていたところだ」

糸川が前に立っている男に目をやって言った。

「長兵衛で、ございます」

長兵衛が、市之介に頭を下げた。

五十がらみであろうか。長身で痩せていた。鼻梁が高く、細い目をしている。その顔がこわばり、肩先がかすかに震えていた。

「昨日、暮れ六ツ（午後六時）の鐘が鳴って間もなく、憂国党が店に押し入ってきたそうだ。人数は七人。武士は六人らしい」

糸川が言うと、長兵衛がうなずいた。

「やはり、武士は六人か」

まちがいなく、武士がふたりくわわったようだ。

「それで、奪われた金は」

市之介が訊いた。

「せ、千両でございます」

長兵衛の声が震えた。

「千両か」

憂国党は、要求額を変えないらしい。

「殺された者はいないのか」

「おりません。てまえも奉公人たちも、憂国党には逆らわず、言いなりに金を渡しましたので」

「賢明だったな」

糸川が言った。

「それで、一味はどちらに逃げた」

市之介は、行徳河岸からどちらに逃げたか分かれば、捜す手掛かりになると思ったのである。

「舟で、逃げたようです」

長兵衛によると、憂国党の七人は、鹿嶋屋の前を流れる日本橋川の桟橋にとめてあった猪牙舟に乗って逃げたらしいという。

「また、舟か」

市之介がつぶやいた。山崎屋のときも、憂国党は舟を使っていた。どうやら、憂国党は店を襲うとき、舟で行き来しているようだ。

それから、市之介と糸川は長兵衛だけでなく、店の奉公人たちからも話を聞いたが、一味の正体や居所をつきとめるような手掛かりは得られなかった。

市之介たちが店から出ようとすると、野宮が近付いてきて、

「何か知れたかい」

と、小声で訊いた。野宮の顔は曇っていた。手掛かりはつかめなかったようだ。

「一味が、七人と知れただけだ」

糸川が答えた。

「腕のたつ武士が、六人か。これでは、町奉行所の同心が総出でかかっても、かなわねえな」

そう言い残し、野宮は渋い顔で市之介たちから離れた。

市之介は鹿嶋屋の店先で糸川たちと別れ、浜町堀の方へ足をむけた。今日は、このまま帰るつもりだった。

「旦那、あっしを置いて帰《けえ》るんですかい」

市之介の背後で、茂吉の声がした。

「いや、聞き込みは、茂吉にまかせようと思ってな」

市之介は足をとめずに歩いた。

「旦那、ちょいと、気になることを耳にしたんですがね」

茂吉が目をひからせて言った。

「なんだ、気になるとは」

「やつら、桟橋に繫いであった猪牙舟で逃げたようですぜ」

「そうらしいな」

市之介は気のない返事をした。そのことは、長兵衛から聞いていたのだ。

「桟橋にいた船頭から聞いたんですがね。その舟は、日本橋川を川上にむかったそうでさァ」

「なに、大川に出たのではないのか」

市之介は足をとめた。

「へい、むかったのは、川上で」

「川上か」

川上となると、行き先は限られる。日本橋方面か、日本橋川とつながっている楓川《もみじがわ》の先かである。

「茂吉、よくやった」

「それほどでもねえや」

茂吉が胸を張った。

6

市之介が青井家の玄関から出ると、屋敷の脇から走り寄る足音がし、

「旦那、どちらへ」

と、茂吉の声が聞こえた。

「い、いや、京橋までな」

市之介は、京橋の南の木挽町へ行くつもりだった。木挽町は、三十間堀沿いに一丁目から七丁目までつづいている。

市之介は木挽町に、神道無念流の道場があると聞いた覚えがあった。だいぶ前のことで、道場主の名は忘れていたが、憂国党と何かかかわりがあるのではないかと思ったのである。

憂国党は、舟で日本橋川から楓川に入った可能性があった。その楓川と三十間堀はつながっている。憂国党の舟は日本橋川から楓川を経て、三十間堀に入ったとも考えられた。三十間堀に舟をとめれば、木挽町には、あまり通りを歩かずに行けるところがある。神道無念流の道場へも行けるかもしれない。

「京橋へ何の用です」

茂吉は市之介についてきた。

「木挽町にな、剣術道場があると聞いた覚えがあるのだ」

「剣術道場……」

茂吉は歩きながら考え込んでいたが、

「そうか。憂国党は、日本橋川から三十間堀に入《へえ》ったとみたのか。さすが、旦那だ。目の付け所がちがう」

茂吉が感心したように言った。

市之介は相手にならず、すこし足を速めた。

「まったく、お上もどうかしてる。旦那のような方に、お奉行さまでもやらせりゃァ、憂国党なんぞ、すぐに、お縄にしちまうんだがなァ」

「うむ……」

奉行どころか、与力も無理である。与力は一代限りだが、ほとんど世襲だった。市之介のように、非役の旗本から町奉行所の与力になるのは不可能といっていい。

「茂吉、おまえこそ、八丁堀の手先でもやったらどうだ。いい御用聞きになれるぞ」

市之介が言った。

「ヘッヘヘ……。あっしは、旦那の手先の方が、気楽でいいや」

茂吉が照れたような顔をした。

「それにしても、おまえの聞き込みは、なかなかのものだ」

「それほどでもねえが……」

茂吉は急に何か思い出したような顔をし、

「旦那ァ、鼻薬を利かせると、もっといい聞き込みができるんですがね」

と、首をすくめて言った。

茂吉は、市之介に駄賃を要求しているのだ。

「おお、そうか。気が付かなかったな」

市之介は財布から一分銀を二枚取り出し、

「これを鼻薬に使ってくれ」

と言って、茂吉に握らせた。

「ありがてえ。これだから、青井さまの奉公をやめる気にならねえんだ」

茂吉はニンマリして、手にした一分銀を巾着にしまった。

そんなやりとりをしながら歩いているうちに、ふたりは和泉橋を渡り、神田の町筋を通って中山道に出た。中山道を南に歩き、日本橋を渡って東海道を南にむかえば、京橋に出られる。

日本橋を渡り、賑やかな東海道を南にむかってしばらく歩くと、前方に京橋が見えてきた。京橋付近も、人出が多かった。様々な身分の老若男女が行き交っている。

市之介たちは京橋を渡って間もなく、左手の通りに折れた。通りを東にむかって歩くと、前方に三十間堀が見えてきた。木挽町は三十間堀町の東側に、一丁目から七丁目まで細長くつづいている。

「旦那、道場は何丁目にあるんです」

茂吉が訊いた。

「聞いてなかったな」

「七丁目まで探すんじゃァ、日が暮れちまいやすぜ」

茂吉がうんざりした顔で言った。

「土地の者に訊いてみれば、早いな。道場なら、知ってるはずだ」

市之介は、木挽町に入ったら訊いてみようと思った。

ふたりは三十間堀にかかる紀伊国橋《きのくにばし》を渡って東側の通りに出ると、南に足をむけた。その辺りから、木挽町一丁目である。

「旦那、ぼてふりが来やすぜ」

天秤で盤台を担いだぼてふりが、こちらに足早にやってくる。

「訊いてみるか」

「あっしが訊きやしょう」

茂吉は足を速め、ぼてふりに近付くと、

「兄い、ちょいとまちねえ」

と、声をかけた。

「なんだい」

ぼてふりは、天秤を肩にしたまま訊いた。

「この辺りに、剣術道場があるって聞いてきたんだがな。おめえ、知らねえかい」

「剣術道場だと」

ぼてふりは、足踏みをしている。せっかちな男らしい。

「そうだ、ヤットウの道場だ」

「この先に、あったが、いまはやってねえぜ」

「しめちまったのかい」

「そうよ」

「まァ、いいや。その道場を教えてくんな」

「この先の新《あたら》シ橋《ばし》の近くだよ」

ぼてふりは、おれは、行くぜ、と言い残し、その場を足早に離れた。

「旦那、聞きましたかい」

茂吉が振り返って市之介に訊いた。

「聞いた。ともかく、その道場を見てみよう」

市之介と茂吉は、三十間堀沿いの道を南にむかった。

堀沿いの道をしばらく歩くと、新シ橋が見えてきた。市之介たちは新シ橋の近くまで来ると、通り沿いにあった八百屋に立ち寄り、店先にいた親爺に、

「この辺りに、剣術道場があると聞いてきたのだが、どこにあるか知っている

か」

と、市之介が訊いた。

「この先に、ありやしたがね。いまは、門をしめてますぜ」

親爺によると、二年ほど前に門をしめ、いまも道場はとじたままだという。

「道場主は、だれか知っているか」

「菅谷武左衛門さまでさァ」

「菅谷な……」

市之介は、どこかで聞いたような気もしたが、はっきりしなかった。

「いまは、留守なのか」

「道場はしめたままですがね。菅谷さまは、裏手に住んでるようですぜ」

親爺の話では、裏手に母屋があり、菅谷はそこで暮らしているという。

「菅谷どのは、いま何をしているのだ」

「さァ、知りませんねえ。あまり、姿を見かけねえし……」

親爺は、首を捻った。

「その道場は、どこにあるのだ」

市之介は、道場を見てみようと思った。

「一町ほど先でさァ。通り沿いに、そば屋がありやしてね。その二軒先ですぜ」

そう言うと、親爺は店に戻りたいような素振りを見せた。いつまでも、油を売ってはいられないと思ったらしい。

「邪魔したな」

市之介たちは、八百屋の店先から離れた。

道場はすぐに分かった。そば屋の隣に仕舞屋《しもたや》があり、その先に道場らしい建物があった。建物の脇は板壁になっていて、武者窓がついている。正面に戸口があり、引き戸がしまっていた。だれもいないらしく、道場から物音は聞こえてこなかった。

「だいぶ、傷んでやすぜ」

茂吉が顔をしかめて言った。

「そうだな」

古い道場だった。戸口の庇《ひさし》は破損して垂れ下がり、板壁も所々剝がれていた。

道場のまわりは、雑草におおわれている。二年前に道場をとじ、そのまま放置されたようだ。

「どうしやす」

「裏手にまわって、母屋も覗いてみるか」

市之介たちは、道場の脇を通って裏手にまわった。

道場の裏手につつじの植え込みがあったので、市之介たちは植え込みの陰に身を隠して母屋に目をやった。

思ったより大きな家だった。家の前には庭もある。だれかいるらしく、障子をあけしめするような音がした。菅谷か、家族のだれかであろう。

市之介たちは、しばらくつつじの植え込みの陰で、母屋に目をやっていたが、だれも出てこなかった。

陽は西の空にまわっていた。半刻（一時間）もすれば、沈むだろう。

「今日のところは、帰るか」

市之介は、菅谷道場の門弟から話を聞けば、様子が分かるのではないかと思った。

ふたりは道場の脇を通って堀沿いの道に出ると、そのまま京橋の方へ歩きだした。夕陽が、三十間堀の水面を淡い茜色に染めている。

三十間堀沿いに植えられた柳の樹陰に、ふたりの男が立っていた。ひとりは菅谷で、もうひとりは町人だった。憂国党の船頭をしていた男である。

「旦那、やつら、道場の脇から出て来やしたぜ」

町人が低い声で言った。

「町方ではないようだ」

「旦那を探ってたにちげえねえ」

「目付筋かな」

菅谷の顔がけわしくなった。

「旦那、どうしやす。離れていきやすぜ」

町人が、遠ざかっていく市之介たちの背を見つめながら言った。

「猪造《いぞう》、やつらの跡を尾けろ」

町人の名は、猪造らしい。

「へい」

猪造は柳の陰から通りに出ると、足早に市之介たちの跡を追った。

第三章　襲　撃

1

市之介が座敷で羽織袴姿に着替えていると、佳乃が入ってきた。いつもとちがって、不安そうな顔をしている。

「佳乃、どうした」

市之介が訊いた。

「兄上、表の通りにうろんな男《ひと》がいたの」

佳乃が眉を寄せて言った。

「うろんな男だと」

「むかいのお屋敷の塀の陰から、この家を見張っていたのよ」

佳乃によると、青井家の斜《はす》むかいにある旗本の屋敷の築地塀《ついじべい》の陰に身を隠すようにして、町人が立っていたという。

「武士ではないのか」

市之介の胸に、憂国党のことがよぎったのだ。

「町人だったわ」

その町人は、青井家の屋敷に目をむけていたそうだ。

「だれか、待っていたのではないか」

市之介は、憂国党にひとり町人がいることを思い出したが、憂国党の者たちは市之介が探索にあたっていることは、まだ知らないはずだ。市之介は目付筋でもないし、憂国党の者が、市之介を狙うとは思えない。

「そうかしら」

佳乃は小首をひねった。

「佳乃、おれのことより、おまえだ。……いいか、若い娘がひとりで出歩くな。どこで、人攫《ひとさら》いに連れていかれるか、分からないぞ」

市之介が顔をけわしくして言った。

「ひとりで、出歩いたりしないわ」

「それならいい」

市之介は、そのうち、浅草寺のお参りに連れてってやる、と言い置き、刀を手にして玄関にむかった。

玄関先で、茂吉が待っていた。

「旦那、お供しやす」

茂吉は当然のような顔をして市之介についてきた。

「すきにしろ」

市之介たちは、神田川の方に足をむけた。和泉橋のたもとで、糸川と彦次郎が待っていることになっていたのだ。

昨日、市之介は糸川に、鹿嶋屋の前の桟橋から舟で逃げた憂国党は、日本橋川を上流にむかったことと、木挽町に神道無念流の萱谷道場があることを話し、

「萱谷を探ってみるつもりだ」

と、言い添えた。

すると、糸川は、

「おれも行く」

と言い出し、彦次郎も連れていくことになったのだ。

茂吉は下谷の武家屋敷のつづく通りを歩きながら、

「舟があるといいんですがね」

市之介に話しかけた。

神田川から舟に乗って大川を下り、八丁堀から三十間堀に入れば、菅谷の道場近くまであまり歩かずに行けるという。

「それで、憂国党も舟を使っているのではないかな」

舟なら、歩かずに済むだけではなかった。人目に触れる恐れもないのだ。奪った千両箱を担いで町中を逃げれば、夜でも人目に付く。ところが、舟なら人目を気にすることもない。

「船頭もひとりいるようだし、やつら、舟を使って動いてるんでさァ」

茂吉が、もっともらしい顔をして言った。

「そのようだな」

ふたりがそんな話をしながら歩いていると、前方に和泉橋が見えてきた。

「糸川さまと佐々野さまが、いやす」

茂吉が指差した。

神田川の岸際近くに植えられた柳の樹陰に、糸川と彦次郎が待っていた。

市之介は糸川たちに近付くと、

「待たせたか」

と、糸川に訊いた。

「いや、おれたちもいま来たばかりだ」

「歩きながら、話そう」

市之介たちは和泉橋に足をむけた。

橋を渡り、日本橋の町筋に入ったところで、

「まだ、菅谷道場の者が憂国党とかかわりがあるかどうか、分からないのだ。ともかく、近所で聞いてみようと思ってな」

市之介は、菅谷道場の門弟だった者から話を聞けば早いのではないかと言い添えた。

すると、市之介の後ろにいた茂吉が、勢い込んで言った。

「あっしは、舟のことで聞き込んでみやすよ。憂国党のやつらが舟を使っているなら、近くで乗り降りしている姿を見たやつがいるはずでさァ」

「それは、茂吉に頼もう」

市之介は、茂吉の言うとおり、舟から手繰《たぐ》る手もあると思っていたのだ。

「油断するなよ。どこに、憂国党の目がひかっているか、分からないからな。下手をすると、元造や重田たちの二の舞いだぞ」

糸川が茂吉だけでなく、市之介と彦次郎にも目をやって言った。

市之介は、三十間堀にかかる新シ橋が前方に見えるところまで来ると、

「気付かれないように、道場の前まで行ってみよう」

そう言って、先にたった。

市之介たち四人は、通行人にまぎれるようにすこし離れて歩いた。市之介は道場の前まで来ると、道場に指をむけて後続の糸川たちに知らせた。

市之介は道場の戸口寄りを歩きながら耳をかたむけたが、何の物音も聞こえなかった。やはり、だれもいないようだ。

市之介は道場から一町ほど歩いたところで足をとめ、後続の糸川たちが来るのを待った。

「道場は、つぶれたようだな」

糸川が言った。

「道場の裏手に母屋があって、菅谷はそこに住んでいるようだ」

「道場は、いつ潰れたのだ」

糸川が訊いた。

「二年ほど前らしい」

「菅谷が憂国党のひとりであれば、道場か裏手の母屋に仲間が出入りしているのではないかな。そのあたりのことを聞き込めば、憂国党かどうか知れるはずだ」

市之介が言った。

「よし、分かれて聞き込んでみよう。……すこし道場から離れた方がいいな。一刻（二時間）ほどして、この先の木挽橋《こびきばし》に集まることにしたら、どうだ」

糸川が市之介と彦次郎に目をやって言った。

「そうしよう」

市之介たち三人は、その場で別れた。

2

「旦那、あっしは、道場の近くにもどりやす」

茂吉が市之介に言った。

「茂吉、憂国党の者に知れたら命はないぞ。御用聞きが、殺《や》られたのを忘れたのか」

市之介は、道場の近くの聞き込みはやめさせたかった。

「ヘッヘヘ……。旦那、安心してくだせえ。あっしは、堀の向こう側をまわりやすから」

「向こう側な」

市之介は、対岸なら、憂国党の者も見逃すかもしれないと思った。

「あっしは、行きやすぜ」

茂吉は踵《きびす》を返すと、足早に市之介から離れていった。

ひとりになった市之介は、岸際の柳の樹陰に立ち、話の聞けそうな武士が通りかかるのを待った。できれば、菅谷道場の門弟だった武士から話を聞きたかったのだ。

武士は何人も通りかかったが、供連れの武士が多かった。なかなか道場のことを知っていそうな武士は、あらわれない。

……道場の近くの住人に、訊いてみるか。

そう思って、市之介が樹陰から出ようとしたとき、ふたり連れの武士が来るのを目にとめた。こちらに歩いてくる。十七、八と思われる若侍である。まだ出仕してない身らしく、小袖に袴姿だった。

市之介は、ふたりが近付くのを待って通りに出た。

「しばし、お尋ねしたいことがござる」

市之介が声をかけた。

ふたりの若侍は足をとめ、

「何でしょうか」

と、長身の男が訊いた。

「この先に、菅谷道場があるのをご存じかな」

市之介は菅谷の名を出して訊いた。

「知ってますよ。門弟だったことがありますから」

もうひとりの小柄な武士が言った。

「門弟でしたか。それなら、よくご存じだ」

思わず、市之介は声を上げた。初めから、いい相手に行き当たったと思い、胸の内でほくそ笑んだ。

「それで、何か」

小柄な武士が、訝しそうな目で市之介を見た。

「いや、菅谷どのは神道無念流の遣い手と聞き、それがしも入門しようかと思って尋ねてまいったのだが、道場をひらいている様子がないので……」

市之介は、戸惑うような顔をして見せた。

「道場は、二年ほど前にとじましたよ」

「どうして門をとじたのです」

「そ、それは……」

小柄な武士は、言いにくそうな顔をした。

「菅谷どのが、病気でもされたのかな」

「病気ではありません。け、稽古が荒く、門弟が怪我をしたもので……」

小柄な武士が、しぶしぶ話したことによると、道場主の菅谷と師範代の稽古が荒く、入門してもすぐにやめる者が多かったという。小柄な武士が入門したときも、門弟はすくなかったそうだ。

二年ほど前、若い門弟のひとりが菅谷に木刀で打たれ、肩の骨を折る怪我をして道場をやめてしまった。その後、連日のように門弟がひとりやめ、ふたりやめして稽古に来る者がいなくなったという。

「それで、門をとじてしまったのです」

小柄な武士の顔に、憎悪の色が浮いた。この武士も、菅谷のことをよく思っていないらしい。

「それで、菅谷どのは、いま何をされているのです」

市之介が訊いた。

「何をしてるか、知りません」

小柄な武士が素っ気なく言った。

「道場にはいないのですか」

「裏手の母屋にいますよ」

小柄な武士によると、菅谷は妻女とふたりで道場の裏手の母屋で暮らしているそうである。

「しかし、母屋に籠っていたのでは、暮らしていけないはずだが……。それとも、菅谷どのは、幕府から扶持《ふち》を得ているのかな」

「いえ、仕官はしていません」

小柄な武士が、はっきりと言った。

「家に籠って、何をされているのだろう」

市之介がそう言ったとき、黙って聞いていた大柄な武士が、

「菅谷どのなら、ときどき見かけますよ」

と、口をはさんだ。

「出かけるときは、ひとりですか」

市之介は、憂国党の仲間がいっしょではないかと思った。

「いつも何人かといっしょです。何をしているのか知りませんが、舟に何人かで乗っているのを見かけたことがありますよ」

「舟に乗っていた！」

まちがいない、菅谷は憂国党のひとりだ、と市之介は確信した。

それから、市之介はふたりに、菅谷といっしょにいた者たちのことを訊くと、ひとりだけ知れた。菅谷道場の師範代の山室稲三郎《やまむろとうざぶろう》という武士が、菅谷といっしょに舟に乗っていたという。

「手間をとらせたな」

そう言って、市之介はふたりと別れた。

その後も、市之介は樹陰に立って通りかかった武士から話を聞いたが、あらたなことは分からなかった。

市之介は聞き込みを切り上げ、集まることになっていた木挽橋にむかった。橋のたもとに、彦次郎と茂吉の姿はあったが、糸川はまだ来ていなかった。

市之介たちは、橋のたもとで糸川が来るのを待った。市之介がその場に来て、小半刻（三十分）もしただろうか。糸川が慌てた様子でもどってきた。

3

「す、すまん、遅れたようだ」

糸川が荒い息を吐きながら言った。途中、走ったらしく、息が乱れている。

「歩きながら話すか」

橋のたもとに集まって話していると、人目を引くのだ。

市之介たちは、来た道を引き返しながら、聞き込みで分かったことを知らせ合うことにした。

「まず、おれから話す」

そう言って、市之介は若い武士から聞いたことを話し、

「菅谷は、憂国党のひとりとみていいようだ。それに、師範代の山室も、憂国党の仲間にまちがいない」

と、断定するように言った。

「さすが、青井だ。よくつかんだな」

糸川が感心したように言った。

「ところで、糸川、何か知れたか」

市之介は、糸川が遅れたのは、憂国党とつながる何かを聞いていたからだろう、とみたのだ。

「知れた。牢人だ。おれは、堀沿いにあった飲み屋の親爺から聞いたのだが、牢人は、飲み屋に顔を出すことがあったそうだ。……名は、佐久間源十郎《さくまげんじゅうろう》。上州から流れてきたらしい」

「そいつだ！　霞捻りを遣う男は」

思わず、市之介が声を上げた。猿声を発し、霞捻りと呼ばれる太刀を遣う男は、馬庭念流を遣うらしい、と矢萩から聞いていた。馬庭念流は、上州にひろまっている流派である、しかも、佐久間は牢人だという。

「おれも、佐久間は憂国党のひとりとみたのだ」

糸川も、矢萩から霞捻りは馬庭念流を遣う男と聞いていた。

「それで、佐久間の塒《ねぐら》は知れたのか」

市之介が訊いた。

「道場の客分として、裏の母屋に寝泊まりしていたらしいが、いまはどこに住んでいるか分からないようだ」

「いまも、母屋にいるかもしれないな」

佐久間のいまの塒は別としても、母屋に出入りしていることはまちがいない、と市之介は思った。

「彦次郎はどうだ。何かつかめたか」

糸川が彦次郎に訊いた。

「これといったことは……」

彦次郎は肩をすぼめたが、

「ひとつだけ、気になることを耳にしました」

と言って、話し出した。

彦次郎は、三十間堀沿いにある八百屋や下駄屋など話の聞けそうな店に立ち寄り、菅谷のことを訊いたという。

「八百屋の親爺が、舟に乗って京橋の方へむかう菅谷を見かけたようです。その舟には、四人の武士がいっしょに乗っていたそうです。山室と、もうひとり、牢人ふうの武士がいっしょだったと言ってました」

「まちがいない。道場主の菅谷、師範代の山室、それに佐久間は、憂国党の仲間とみていいようだ」

糸川が断定するように言った。

そんな話をしながら歩いているうち、市之介たちは菅谷道場の前を通り過ぎた。道場の前を通ったとき、市之介は道場に目をやったが、変わった様子はなく、なかから物音も聞こえなかった。

「それにしても、菅谷道場のことを知っている者は、思ったより多かったな」

市之介が言った。

「通り沿いで、道場をひらいていれば、目につくからな」

と、糸川。

そのとき、市之介は後ろを歩いていた茂吉が空咳をしたのを耳にし、

「茂吉、何か分かったのか」

と、茂吉に訊いた。

「あっしも、つかみやしたぜ」

茂吉が得意そうな顔をして、市之介たちに目をやった。

「そうか。話してくれ」

すぐに、市之介が言った。

「あっしは、舟の船頭を探ってみたんでさァ」

「船頭がだれか分かったのか」

「へい、あっしも通り沿いの店に立ち寄って訊いたんですがね。煮染屋の親爺が、舟の船頭を知っていたんで」

「名は？」

「猪造、菅谷道場で下働きをしていた男だそうでさァ」

「道場の下男か！　これで、憂国党の者たちがだいぶ知れたぞ。一味は、菅谷道場の者たちがまとまったのだ」

市之介が、声を大きくして言った。


市之介たちが新シ橋のたもとを一町ほど過ぎたとき、道場の脇からふたりの武士が姿を見せた。菅谷と山室である。ふたりは、道場の脇から通りに出ようとして、道場の前を通り過ぎた市之介たちの姿を目にしたのだ。

「あやつら、道場のことを探っていたようだ」

菅谷が言った。

「ひとりは、青井という男かもしれません」

「青井だと、目付筋か」

「それが、非役の旗本のようです。……猪造が三十間堀で姿を見かけて跡を尾け、青井という旗本だと分かったのです」

「他のふたりは」

「目付筋のようです」

「いずれにしろ、道場までつかまれたとなると、見逃すことはできんぞ」

菅谷の顔がけわしくなった。

「始末しますか」

「そうだな。遣える相手は三人、われらはふたり——。二、三人助太刀がほしいな」

「佐久間どのと北畑《きたばたけ》どのに知らせます」

「すぐ、行け」

菅谷が山室に命じた。

4

陽は西の家並の向こうに沈んでいた。西の空は、茜色に染まっている。そろそろ、暮れ六ツ（午後六時）の鐘が鳴るだろう。

市之介たちは、日本橋の道筋を柳原通りにむかって歩いていた。

「遠出だったが、出かけた甲斐があったな」

糸川が市之介に話しかけた。

「そうだな」

市之介は気のない返事をして、後ろを振り返った。

「青井、どうしたのだ」

「いや、後ろから来るふたりが気になってな」

市之介が糸川に身を寄せて言った。

糸川も振り返った。

「網代笠《あじろがさ》をかぶっているふたりか」

「そうだ」

市之介たちから一町ほど後ろをふたりの武士が歩いていた。ふたりとも、網代笠をかぶり、小袖にたっつけ袴姿である。旅装とも見えるが、打飼を腰にまいたり、振り分け荷物を持っている様子はなかった。

「だが、ふたりだぞ。まさか、ふたりで、おれたちを襲うことはあるまい」

「憂国党なら、人数をそろえるはずだな」

市之介も、ふたりで襲うことはないだろう、と思った。

このとき、ふたりの武士の背後に、さらにふたりいた。背後のふたりは、羽織袴姿の御家人ふうだったので、市之介たちは、前のふたりの仲間とは思わなかったのだ。

市之介と糸川が背後を気にしながら歩いていると、石町の暮れ六ツの鐘が鳴った。その鐘が鳴りやむと、あちこちから表戸をしめる音が聞こえてきた。店屋が商いを終え、表戸をしめ始めたのである。

まだ、上空には日中の明るさが残っていたが、通り沿いの樹陰や表店の軒下などに、淡い夕闇が忍び寄っていた。行き交うひとの姿もすくなくなり、武士はあまり見かけなくなった。

市之介は、内神田の岩井町《いわいちょう》に入ったとき、それとなく背後を振り返ってみた。

……間をつめている！

ふたりの武士は、市之介たちから半町ほど後ろに近付いていた。それに、市之介はふたりの身辺に殺気があるような気がした。

ふたりの武士の背後を歩いていた別のふたりの姿が消えていた。どこか、脇道に入ったようだ。

「おい、後ろのふたり、おれたちを狙っているようだぞ」

市之介が、糸川に小声で言った。

「憂国党なら、返り討ちにしてくれる」

糸川の双眸が、鋭いひかりを帯びていた。闘う気になっている。

彦次郎も気付いたらしく、背後に目をやって顔をけわしくした。茂吉だけが、気付かないようだ。

市之介たちは、柳原通りに出た。日中は賑やかな通りも暮れ六ツを過ぎたせいか、人影はすくなかった。遅くまで仕事をした出職の職人や一杯ひっかけたらしい遊び人ふうの男などが、通りかかるだけである。

淡い夕闇のなかに、神田川にかかる和泉橋が見えてきた。まだ、背後のふたりは尾けてくる。

市之介たちは、足を速めた。

「だ、旦那、木の陰にだれかいやす！」

前を歩いていた茂吉が、うわずった声を上げた。

半町ほど前方、道際に植えられた柳の陰に人影があった。陰は暗く、武士らしいことは知れたが、身装《みなり》もはっきりしなかった。

「おい、ふたりだぞ」

糸川が言った。

すこし離れた別の樹陰にも、別の人影があった。

市之介は背後に目をやった。ふたりの武士の足は速く、さらに間がつまっている。

「挟み撃ちか！」

思わず、市之介が声を上げた。

後ろからふたり、前方の樹陰にふたり、四人で市之介たちを挟み撃ちにするつもりらしい。

そのとき、前方のふたりが樹陰から通りに出てきた。ふたりは黒頭巾で顔を隠していた。ふたりとも小袖に袴姿だった。羽織は、どこかで脱いだようだ。ひとりは、大刀だけ差していた。

「きます！　後ろからふたり」

彦次郎が叫んだ。

背後のふたりが、左手で刀の鍔元《つばもと》を握って走りだした。

逃げる間はなかった。前後から、ふたりずつ迫ってくる。

「土手際へ寄れ！」

市之介は、柳原通りの土手際にすばやく動いた。後方からの攻撃を避けるためである。

糸川と彦次郎も、土手際に走った。茂吉だけがひき攣《つ》ったような顔をして足踏みしていたが、何を思ったか、いきなり市之介たちとは反対側の道際に走った。ずんぐりした体軀の割には足が速い。

四人の武士は、茂吉を追わなかった。無視したというより、戦力が分散するのを避けたのだろう。

市之介と糸川は彦次郎をなかにし、三人並んで土手際に立った。背後は急斜面の土手になっているので、背後にまわられることはない。

四人の武士はばらばらと走り寄り、市之介たち三人を取り囲むようにまわり込んできた。まだ、刀を抜いていなかった。

市之介の前には、黒頭巾で顔を隠し、大刀を一本だけ差した男が立った。この男は佐久間である。

糸川の前には、大柄な武士が立った。菅谷だったが、糸川には何者か分からなかった。

彦次郎の前に立ったのは、背後から来た武士である。この男は師範代の山室だった。

もうひとりの頭巾の武士は、糸川の右手にまわり込んできた。この男は、山室が呼びにいった北畑だった。北畑も、菅谷道場の門弟だった男である。

「やれ！」

菅谷の声で、三人は次々に抜刀した。

市之介たち三人も刀を抜いた。

5

市之介は佐久間と対峙《たいじ》した。

ふたりの間合は、およそ三間——。真剣での立ち合い間合としては近かった。

ふたりは相青眼に構えた。

市之介は佐久間の青眼の構えを見て、

……こやつ、佐久間だ！

と、気付いた。佐久間が、両足を撞木《しゅもく》にひらいたからだ。撞木にひらくのは、馬庭念流独特の構えである。

「おぬし、佐久間か」

市之介が、佐久間の名をだした。

一瞬、佐久間の視線が揺れたが、

「さァな」

と、くぐもった声で応えただけだった。

市之介は青眼に構えた剣尖《けんせん》を佐久間の左眼につけ、全身に気魄《きはく》を込めた。気魄で攻めたのである。

佐久間の剣尖が、かすかに動いた。市之介の構えを見て、驚いたようだ。市之介が遣い手と分かったからであろう。

「おぬし、できるな」

佐久間が低い声で言った。

だが、佐久間に臆した様子はまったくなかった。全身に気勢が漲《みなぎ》り、痺れるような剣気をはなっている。市之介が遣い手と知って、かえって闘気が高まったようだ。

「いくぞ」

佐久間が、足裏を摺《す》るようにして間合を狭め始めた。

対する市之介は、動かなかった。気を静めて、佐久間との間合と斬撃の起こりを読んでいる。

……斬撃の間に、入れてはならぬ。

と、市之介は思った。

市之介は、矢萩が、「遠間で勝負するといい。霞捻りは、近間で体を捻って斬り下ろす太刀だ」と、話したことを思い出したのだ。

ジリジリと、佐久間が一足一刀の斬撃の間合に迫ってきた。

佐久間の剣尖が、市之介の目に真っ直ぐ伸びてくるように見えた。その剣尖の威圧で、間合が遠くなったように感じられる。

佐久間は、霞捻りを遣うために、剣尖の威圧で間合を遠くみせて近間に踏み込んでくるのであろう。

……斬撃の間合まで、後一歩！

市之介は、感知した瞬間、先《せん》をとって仕掛けた。

イヤアッ！

突如、市之介は裂帛《れっぱく》の気合を発し、大きく踏み込みざま斬り込んだ。

振りかぶりざま真っ向へ——。

刹那、佐久間は脇へ跳び、その姿が市之介の視界から消えた。

キエエッ！

猿声のような甲高い気合を発し、佐久間が、体を捻りながら真っ向へ斬り下ろした。

市之介の切っ先は、佐久間の肩先をかすめて空を切り、佐久間のそれは市之介の右の肩先を切り裂いた。

ふたりは交差し、大きく間合をとってから反転した。

市之介と佐久間は、ふたたび相青眼に構え合った。市之介の切っ先が、かすかに震えている。右肩の着物が裂け、あらわになった肌に血の色があった。だが、浅手だった。市之介が遠間から仕掛けたため、佐久間の斬撃が浅くなったのだ。

「霞捻りか！」

思わず、市之介が声を上げた。

「いかにも」

佐久間の双眸《そうぼう》が燃えるようにひかっている。

このとき、糸川と菅谷も一合していた。糸川が袈裟《けさ》に斬り込み、菅谷が糸川の切っ先をかわして横に払ったのだ。

糸川の切っ先は空を切り、菅谷のそれは糸川の脇腹を浅くとらえていた。糸川の着物が裂け、脇腹にかすかな血の色があったが、浅手である。うすく皮肉を裂かれただけらしい。

菅谷は神道無念流の道場主だけあり、手練《てだれ》だった。さすがに、糸川も菅谷に押されている。

「すこし、浅かったようだな」

菅谷が低い声で言った。

「……！」

糸川は、このままでは斬られる、と思った。

だが、逃げ場はない。この男と闘うしかないのだ。

一方、彦次郎の前に立った山室は、青眼に構えたまま彦次郎との間合をつめていた。彦次郎は後じさった。山室から逃げようとしたのだ。彦次郎の切っ先が、かすかに震えた。恐怖を覚えたのである。

山室はすこしずつ間合をつめてくる。

茂吉は市之介たち三人に目をやり、

……みんな殺られちまう！

と、思った。茂吉の目にも、市之介たちが劣勢であることが分かったのだ。

茂吉は、助けを呼ぶしかない、と思い、柳原通りの左右に目をやった。すこし離れたところに、いくつかの人影があった。通りすがりの者が、市之介たちの闘いに気付き、足をとめたらしい。

……だめだ！　あいつらじゃァ役にたたねえ。

人影は、いずれも町人だった。仕事帰りか、一杯やった帰りの者らしい。

茂吉は、通りの先に目をやった。提灯の灯が見えた。駕籠らしい。先棒にぶら下がっている提灯のようだ。

……二本差しだ！

駕籠の前後に、数人の人影があった。提灯の灯で、刀を差しているのが分かった。駕籠の主を警固している者たちらしい。身分のある武士が、柳橋の料理屋の酒席に出た帰りではあるまいか。

駕籠はこちらにむかって進んでくる。

……あの方に、頼むしかねえ。

茂吉は走りだした。

駕籠の前に走り寄ると、

「お助けください！　お助けください！」

と声を上げ、地面に跪《ひざまず》いた。

「なにやつ！」

警固の武士が四人ばらばらと走り寄り、茂吉を取り囲んだ。

「あそこで、斬り合っていやす！　殺されちまう」

茂吉が必死で叫んだが、

「そこをどけ！」

と、警固のひとりが怒鳴りつけた。

すると、駕籠があき、

「待て！」

と、声がした。駕籠の主が、顔をのぞかせている。

「何事じゃ」

駕籠の主が訊いた。

「あ、あそこ！　憂国党が、襲ってきやした」

茂吉が指差した。

駕籠の主は首を伸ばし、市之介たちが闘っている様子を目にすると、

「このまま通り過ぎることは、できぬな。……助けてやれ」

と、警固の武士たちに声をかけた。

「ハッ」

ひとり、年配の武士が応え、駕籠のそばにいた武士もくわえ、五人が走りだした。駕籠のそばには、陸尺《ろくしゃく》とふたりの武士だけが残った。

6

市之介は佐久間と対峙していた。間合はおよそ三間――。佐久間が、さきほどより近間にとったのだ。

市之介は八相にとった。斬り込みを迅くするためである。

佐久間は足を撞木にとった青眼に構えていた。この構えから、霞捻りをはなつのである。

……このままでは、皆殺しになる！

と、市之介は思った。

糸川と彦次郎が、追い詰められていた。何とか助けないと、ふたりとも斬られる。

「いくぞ！」

市之介が先に動いた。ともかく、佐久間との勝負を早く決して、糸川たちを助けるより他に手はなかった。

市之介は趾《あしゆび》を這うように動かし、ジリジリと間合を狭め始めた。

佐久間も、間合をつめてきた。

ふたりの間合が一気に狭まり、一足一刀の斬撃の間境まで半間ほどに迫った。

突如、市之介の全身に斬撃の気がはしり、
イヤアッ！

と、裂帛の気合を発し、一歩踏み込んで斬り込んだ。

八相から袈裟へ——。遠間からの仕掛けである。

佐久間は一瞬、身を引いて、市之介の切っ先をかわした。次の瞬間、佐久間は脇へまわろうとしたが、とどまった。市之介の仕掛けが遠かったため、体を捻っても切っ先がとどかないとみたようだ。

佐久間は青眼に構えたまま、さらに間合をつめようとした。

そのとき、市之介は走り寄る複数の足音と、「旦那ァ！」と叫ぶ声を耳にした。茂吉らしい。

声のした方に目をやると、茂吉と数人の武士の姿が見えた。こちらに走ってくる。

佐久間も気付き、声のした方に目をむけた。

走り寄る武士たちが

「何をしている！」

「手を引け！」

と、口々に叫んだ。

佐久間の目が戸惑うように揺れたが、すぐに後じさって間合をとった。

糸川と対峙していた菅谷も後じさり、走り寄る五人の武士を目にすると、

「引け！　この場は引け！」

と叫び、反転して走りだした。

山室がつづき、佐久間と北畑もその場から駆けだした。菅谷たち四人の後ろ姿が、夕闇にかすんでいく。

「大事ないか」

年配の武士が糸川に訊いた。

「かたじけない。……あやつらは、憂国党でござる。ここで待ち伏せされ、このような目に」

糸川が話した。

「殿に御伝えいたす」

そう言うと、年配の武士が先にたち、五人の武士は駕籠の警固にもどった。

市之介たち四人は路傍に立って駕籠が近付くのを待ち、駕籠の主に礼を述べた。

糸川が名を訊いたが、

「名乗るほどの者ではない。……気を付けて帰れよ」

駕籠の主はそう口にしただけで、その場を離れた。

「身分は分からないが、幕閣の要職にあるお方らしい」

糸川が、遠ざかっていく駕籠に目をやりながらつぶやいた。

「糸川、傷は」

市之介が、糸川の脇腹に目をやって訊いた。

糸川の小袖が裂け、血が染みていた。

「かすり傷だ。……それにしても、危ういところだった」

糸川がほっとしたような顔をした。

「茂吉のお蔭で助かったようだ」

市之介が、茂吉に目をやった。

すると、糸川と彦次郎が茂吉の機転を褒めた。

「ヘッヘヘ……。あっしは、斬り合いは苦手でしてね。助けを呼ぶしか、できなかったんでさァ」

茂吉が照れたような顔をした。

夕闇につつまれた和泉橋を渡りながら、

「このままでは、明日から町を歩けないぞ」

糸川が、顔をけわしくして言った。

「いつ襲われるか、分からないからな」

市之介も、下手に探索に出歩けば、憂国党の者に襲われるのではないかと思った。

「かといって、家にこもっているわけにはいかない」

糸川が苦渋に顔をしかめた。

「おれたちが、きゃつらを襲って討つしかないな」

市之介が言った。

「道場を襲うのか」

「そうだ。おそらく、菅谷は、道場の裏手の母屋に住んでいる。山室や佐久間も出入りしているはずだ。夕暮れ時にでも、襲って討ちとるのだ」

「よし、すぐにやろう」

糸川が語気を強くして言った。

「何人か、集められるか」

市之介は三人だけで動けば、今日の二の舞いになるとみたのだ。

「三、四人、腕のたつ者を集める。……三日ほど待ってくれ」

糸川が、御徒目付と御小人目付に声をかける、と言い添えた。

「承知した」

そんなやり取りをしているうちに、市之介たちは御徒町につづく通りに入っていた。夕闇がだいぶ濃くなり、通り沿いの家々から洩れる灯がくっきりと見えていた。

7

市之介は、青井家の庭に木刀を手にして立っていた。柳原通りで、菅谷たちに襲われた翌日である。

市之介は、このままでは佐久間の遣う霞捻りに勝てない、と思っていた。何としても、霞捻りを破らねばならない。

木刀を上段に構え、脳裏に描いた佐久間と対峙した。佐久間は、足を撞木にひらいて青眼に構えている。

……間合が勝負だ。

と、市之介はみていた。

佐久間との間合を三間ほどにとった。市之介は八相に構え、先に仕掛けた。趾を這うように動かし、ジリジリと間合をつめていく。

脳裏に描いた佐久間も、間合をつめてきた。ふたりの間合がせばまり、斬撃の間境から半間ほどに迫ったとき、市之介は寄り身をとめた。

この間合からだと、一本踏み込んで斬り込んでも、切っ先はとどかない。柳原通りで、立ち合ったとき、佐久間はわずかに身を引いたが、反射的に体が反応したのだろう。

……この間合なら、佐久間の霞捻りもとどかない。

市之介は、二の太刀が勝負になる、とみた。

初太刀を捨て太刀にし、連続してふるう二の太刀で勝負するのである。

市之介はふたたび、脳裏の佐久間と三間ほどの間合をとって対峙した。

市之介は八相にとり、佐久間は青眼に構えた。

ふたりはジリジリと間合をつめ、斬撃の間境から半間ほどに迫ったとき、市之介が寄り身をとめて斬り込んだ。

八相から真っ向へ――。

佐久間がわずかに身を引いて市之介の切っ先をかわすと、すかさず、市之介はさらに一歩踏み込み、二の太刀を真っ向へ斬り込んだ。

刹那、佐久間は脇に跳び、体を捻るようにして真っ向へ――。

……斬られた！

と、市之介は感じた。

市之介の切っ先は空を斬り、佐久間の霞捻りは、市之介の頭上をとらえていたのだ。

……二の太刀が遅い！

二の太刀をもっと迅《はや》くしなければ、佐久間をとらえることはできない、と思った。

市之介は、繰り返し繰り返し脳裏に描いた佐久間の霞捻りと立ち合ったが、斬れた、と感じることはなかった。

二の太刀を迅くするためには、真っ向へ斬り込んだのでは駄目だ、と市之介は気付いた。振り下ろした刀を、ふたたび振り上げて斬り下ろすと、二拍子になってどうしても遅くなるのだ。

……横に払えばいい。

初太刀を真っ向に斬り込み、二の太刀を振り上げずにそのまま横に払うのである。

市之介は、脳裏の佐久間に真っ向へ斬り込み、そのまま横に払ってみた。

斬れた！　と感ずるときもあったが、横に払う二の太刀も空を切ることが多かった。迅さだけではなかった。佐久間の霞捻りは脇に大きく跳ぶので、市之介が横に払っても斬れたと感ずることがすくないのだ。

それでも、市之介は脳裏の佐久間に対し、横に払う太刀を繰り返した。霞捻りを破るには、それしかないとみたからである。

市之介の顔が紅潮し、汗が浮いてきた。

脳裏に描いた佐久間と対峙し、擦り足で間合をせばめ始めたとき、縁側に面した座敷の障子があいた。

「兄上、兄上」

佳乃のうわずった声がした。

「どうした」

市之介は木刀を下ろした。

「さ、佐々野さまが、おみえです」

佳乃が声をつまらせて言った。

「彦次郎か。庭にまわしてくれ」

「上がっていただかなくて、いいんですか」

佳乃が不服そうな顔をした。

「待て、おれが玄関にまわる」

「げ、玄関で、お話を！」

佳乃は目を剝いた。

「彦次郎は、急いでいるはずだ」

彦次郎は、菅谷の家を襲うことで、何か知らせがあって来たにちがいない。

市之介は家には入らず、木刀を手にしたまま戸口にむかった。佳乃は、縁側でおろおろしていたが、急いで座敷にもどった。佳乃も、玄関へまわるつもりらしい。

彦次郎は市之介の姿を目にすると、すぐに近寄ってきて、

「稽古ですか」

と、訊いた。市之介が手にしていた木刀を目にしたようだ。

「久しく、稽古してないのでな。すこし、体を動かしておかないと、いざというときに後れをとる」

市之介は手の甲で額の汗を拭った後、

「ところで、何の用だ」

と、訊いた。

「糸川さまからの言伝です。助太刀が集まったので、明日木挽町にむかいたいとのことです」

彦次郎が緊張した面持ちで言った。明日、菅谷道場を襲うことを思い、気が昂っているようだ。

そんなやり取りをしているところに、佳乃が顔を出した。市之介の脇に控え、彦次郎に目をやっている。

「早いな」

糸川の話では、助太刀を頼むのに三日ほどかかるとのことだった。

「糸川さまは、急遽集めたようです」

「そういうことか」

「明日の八ツ（午後二時）ごろ、和泉橋のたもとに来てもらえますか」

「承知した」

「これから、糸川さまにお伝えします」

そう言って、彦次郎が踵を返そうとすると、

「あ、あの、お上がりになって、お茶でも……」

佳乃が、頬を赤らめて言った。

「急いでおりますので、今日は、このまま」

彦次郎はそう言い置いて、踵を返した。

佳乃は恨めしそうな顔をして、彦次郎の後ろ姿を見送っていたが、その姿が表門から出ていくと、

「兄上が悪いんですよ。家に入ってもらわないから、こんなことに」

佳乃が頬を膨らませて言った。

8

和泉橋のたもとに、三人の武士が立っていた。糸川、彦次郎、それに糸川が声をかけた松井吉之助《まついよしのすけ》だった。松井は御小人目付で、剣の腕がたつという。

「三人か」

市之介は、すくないと思った。糸川は助太刀を三、四人集めると口にしていたのだ。

「ふたり、先に木挽町にやったのだ」

糸川によると、繁川弥五郎《しげかわやごろう》と増林達之助《ますばやしたつのすけ》という御小人目付に、菅谷道場のある場所を話し、見張りのために先に行かせたという。

市之介は、六人なら菅谷たちに太刀打ちできると思い、

「おれたちも行くか」

と、糸川たちに声をかけた。

四人は日本橋に出て東海道を南にむかった。途中、京橋の手前でそば屋に立ち寄った。

そば屋を出ると、東海道をいっとき歩いてから左手の通りに入り、紀伊国橋を渡って木挽町に入った。

しばらく歩くと、前方に新シ橋が見えてきた。道沿いにある八百屋の近くまで来ると、糸川が路傍に足をとめ、

「この辺りに、繁川たちはいるはずだ」

と言って、辺りに目をやった。

すると、八百屋の脇の仕舞屋《しもたや》の板塀の陰から武士体の男があらわれ、こちらに足をむけた。

「繁川だ」

糸川は繁川が近付くのを待ち、

「どうだ、菅谷たちはいるか」

と、すぐに訊いた。菅谷が道場の裏手の母屋にいるかどうか気になっていたようだ。

「それが、留守らしいのです」

繁川によると、小半刻（三十分）ほど前、増林とふたりで母屋の脇まで行って、様子をうかがったそうだ。母屋から話し声は聞こえず、姿を目にしたのは妻らし

い女だけだという。

「出かけているのではないか。……陽が沈むころには、帰るだろう」

市之介は、妻女がいるなら菅谷は家に帰ってくるだろう、と思った。それに、菅谷が帰らなければ、妻女から菅谷の行き先を聞く手もある。

「しばらく、待つか」

陽は、西の空にまわっていた。暮れ六ツ（午後六時）まで、あと一刻（二時間）ほどであろうか。

「増林はどこにいる」

糸川が繁川に訊いた。

「八百屋の脇に」

「おれたちも、そこに身を隠そう」

糸川と繁川が先にたち、五人は仕舞屋の脇の板塀の陰に行き、増林とともに身を隠した。

そこは狭かったが、路傍に椿が枝葉を茂らせていたので、通りから身を隠すことができた。

市之介たちが、その場に身を隠して小半刻（三十分）も経ったろうか、

「き、来ました！」

彦次郎がうわずった声で言った。

見ると、武士がふたり足早に歩いてくる。

「菅谷でないぞ」

市之介は、菅谷は大柄だと聞いていたが、ふたりとも大柄ではなかった。

「ひとりは、それがしに刀をむけた男です。顔は見てませんが、袴に見覚えがあります。それに、体付きも似ています」

彦次郎が言った。

「そういえば、もうひとりは、おれの右手にいた男かもしれんぞ」

糸川が、近付いてくるふたりに目をやって言った。

市之介たちが、そんなやり取りをしている間に、ふたりの武士は道場の前に足をとめ、周囲の様子をうかがってから、道場の脇から奥へむかった。

「まちがいない。母屋に行くようだ」

市之介が、いくぞ、と声をかけ、板塀の陰から通りに出た。

糸川や彦次郎たちがつづき、六人は道場の脇を通って、母屋に近付いた。そして、つつじの植え込みの陰に身を隠し、母屋に目をやった。

「いるぞ！」

市之介が声を殺して言った。

母屋の戸口にふたりの武士が立っていた。年増が、ふたりの武士と何やら話している。年増が菅谷の妻であろう。

「……おまさどの、変わったことはありませんか」

武士のひとりが訊いた。菅谷の妻女は、おまさという名らしい。

「……あ、ありません。山室さま、うちのひとは、どこにいるんです」

おまさが、震えをおびた声で訊いた。

市之介は、あの男が、師範代の山室だ、と胸の内で声を上げた。

「……まだ、住む家が決まっていないようです。お師匠は、家が決まりしだい、知らせると話しておられました」

山室が言った。

市之介は、菅谷が妻女を残して母屋を出たことと、まだ菅谷の住処が決まっていないことを知った。

……でも、いま、いるところだけでも……。

おまさは、菅谷の居所を知りたがっていた。

……二、三日したら、また知らせに来ます。そのときは、おまさどのにもお師匠の落ち着き先がお知らせできるはずです。

……分かりました。

おまさが、うなだれた。

……おまさどの、知らぬ者がお師匠のことを訊きにきたら、お師匠は出たきり帰らないので、知らない、と答えていただきたいのだが。

……分かりました。

おまさは、小声で答えた。

それから、山室は自分たちや道場の門弟のことも、話さないようにおまさに念を押した。おまさは、肩を落としたままうなずいている。

山室ともうひとりの武士は、また、来ます、と言い置いて、その場を離れた。

おまさは戸口に立ってふたりの背に目をやっていたが、踵を返して家に入った。

「こちらに来ます」

彦次郎が声を殺して言った。

「ふたりを、捕らえよう」

ふたりを尾行する手もあるが、捕らえて話を訊いた方が早いだろう、と市之介は思った。それに、山室たちは尾行を警戒しているはずなので、まかれるかもしれない。

9

山室ともうひとりの武士が、つつじの植え込みに近付いてきた。

「いまだ！」

糸川が声を上げた。

植え込みの陰に隠れていた市之介たち六人は、いっせいに飛び出し、山室たちを取りかこむようにまわり込んだ。

ギョッ、としたように、山室たちは身を硬直させてつっ立ったが、

「目付どもだ！」

山室が叫び、抜刀した。

もうひとりの武士も、刀を抜いて身構えた。

「山室、おれが相手だ」

糸川が山室の前に立った。すでに、抜刀し、刀身を峰に返していた。糸川は、

山室を峰打ちで仕留めるつもりなのだ。生かしておいて、話を聞くためである。
もうひとりの武士の前には、市之介が立った。市之介も、刀身を峰に返してい
た。彦次郎や松井たちも刀を手にし、山室ともうひとりの武士を取りかこむよう
に立っている。
「うぬの名は」
市之介が、もうひとりの武士に誰何《すいか》した。
「問答無用！」
言いざま、武士は切っ先を市之介にむけ、青眼に構えた。
隙のない構えだが、切っ先が小刻みに震えていた。興奮して、体に力が入って
いるのである。
市之介は、脇構えにとった。峰打ちで、武士の腹を狙うのだ。
「いくぞ！」
市之介が先に動いた。
摺り足で、間合をつめていく。
武士はあとずさった。市之介の気魄に圧倒されたようだ。
だが、武士の足はすぐにとまった。背後で、繁川と増林が切っ先をむけていた

のだ。

市之介は脇構えにとったまま、一気に斬撃の間境に踏み込んだ。

一瞬、武士の顔がひき攣ったようにゆがんだが、
イヤアッ！

甲走った気合を発し、いきなり斬り込んできた。

青眼から真っ向へ――。

すかさず、市之介は脇構えから逆袈裟に斬り上げた。

キーン、という甲高い金属音がひびき、武士の刀身が跳ね上がった。次の瞬間、市之介は刀身を横に払った。

逆袈裟から横一文字に――。一瞬の連続技である。

ドスッ、という皮肉を打つにぶい音がし、武士は上体をかしげ、腹を押さえてうずくまった。市之介の峰打ちが、武士の腹を強打したのだ。

すぐに、繁川と増林が背後から走り寄り、武士を押さえつけた。

市之介は糸川に目を転じた。

まだ、糸川は山室と対峙していた。山室は遣い手なので、糸川もなかなか仕掛けられないようだ。

市之介は刀を手にしたまま、山室の左手に近付いた。

山室が市之介の気配を察知し、わずかに顔を捻って視線をむけた。この一瞬の隙を、糸川がとらえた。

スッ、と踏み込み、鋭い気合を発して袈裟に打ち込んだ。

咄嗟に、山室は刀身を振り上げて糸川の打ち込みを受けたが、無理な体勢だったため腰がくずれてよろめいた。

間髪をいれず、糸川が二の太刀をはなった。

ふたたび袈裟へ——。

その峰打ちが、山室の左肩を強打した。

ウウッ、と山室は呻き声を上げてよろめき、手にした刀を取り落とした。左腕が、だらりと垂れ下がっている。糸川の峰打ちが、鎖骨を折ったのかもしれない。

山室は膝を折って、その場にうずくまった。苦痛に顔をしかめている。

糸川は山室に切っ先をむけ、身を寄せようとした。

そのとき、山室は右手で膝先に落ちていた刀の柄を握り、己の首に刀身を当てて引き切った。

ビュッ、と血が赤い帯のように飛んだ。

糸川は、一瞬、その場に硬直したようにつっ立ったが、すぐに手を伸ばして山室の刀を奪いとろうとした。

だが、糸川は手を引いた。山室は助からない、と察知したのだ。

山室は、血を撒《ま》き散らしながら、うずくまった格好のまま横に倒れた。

「山室は自害した……。これで、話が聞けなくなったな」

糸川が顔をしかめた。

「なに、もうひとりいる」

市之介は、峰打ちで仕留めた武士に目をやった。

繁川と増林が武士に猿轡《さるぐつわ》をかませ、両腕を後ろに縛っていた。武士は苦痛に顔をゆがめ、低い呻き声を洩らしている。

「戸口に女が」

彦次郎が小声で言った。

見ると、母屋の戸口におまさが立っていた。こちらに、目をむけている。闘いの音を耳にし、様子を見に出てきたらしい。

「このままにしておけないな」

市之介は、山室と武士が襲われ、武士が連れ去られたことが、おまさの口から菅谷の耳に入るだろうと思った。そうなると、菅谷たち憂国党はいまの隠れ家から姿を消すのではあるまいか。ほとぼりが冷めるまで、江戸の地を離れるかもしれない。

「おまさも、連れて行こう。……おまさが、知っていることもあるはずだ」

糸川が言った。

市之介たちは、おまさも捕らえた。武士といっしょに連行し、訊問するつもりだった。その場で、おまさの口から、武士の名が北畑作次郎《さくじろう》で、菅谷道場の門弟だったことが知れた。

市之介たちは、山室の死体を母屋の裏手にあった納屋に運んでから、その場を後にした。山室が殺されたことを隠すためである。

市之介たちが北畑とおまさを連れてむかった先は、神田相生町《あいおいちょう》にある彦次郎の屋敷だった。屋敷の裏手に古い納屋があり、捕らえたふたりをそこで訊問するつもりだった。市之介たちは、これまでも訊問のおりに彦次郎の屋敷の納屋を使っていたのだ。

辺りは夜陰につつまれていた。市之介たちは、寝静まった路地裏や人気《ひとけ》のない新道などをたどって相生町にむかった。

第四章　隠れ家

1

「明かりはないか」

糸川が彦次郎に訊いた。

彦次郎の家の裏手にある納屋は、深い夜陰につつまれていた。納屋のなかは、漆黒の闇にちがいない。

「すぐ、用意します」

彦次郎は、母屋にむかった。

市之介たちは捕らえた北畑とおまさを連れて、相生町にある彦次郎の家に来ていた。すでに、子《ね》ノ刻（午前零時）を過ぎているかもしれない。彦次郎の家も、付近の武家屋敷も深い夜の帳《とばり》につつまれ、ひっそりと寝静まっている。

市之介たちは、夜のうちに北畑とおまさを訊問するつもりだった。菅谷たち憂国党の者が、山室が討たれ、北畑が捕らえられたのを察知する前に、菅谷たちの隠れ家をつかみたかったのだ。

いっときすると、屋敷の裏手に灯が点って背戸があいた。彦次郎が火の点いた手燭を持ってもどってきた。風で火が消えないように、手で炎を覆うようにしている。

市之介たちは、おまさを先に納屋に入れた。おまさなら、すぐに口を割るとみたのである。

北畑は納屋の外に残し、松井、繁川、増林の三人が、そばについていることになった。納屋は狭すぎて、大勢入れなかったのだ。それに、北畑がそばにいては、おまさは口をひらかないかもしれない。それで、おまさを先にしたのである。

納屋は長く使われずに放置されたものだった。燭台の火で照らし出された納屋のなかは、ひどく荒れていた。

まわりは粗壁《あらかべ》で密閉され、明かり取りの窓もなかった。床板の根太は朽ちて折れ、床板は所々腐って落ちていた。隅には、古い文机や傷んだ長持などが積まれ、埃をかぶっている。

市之介たちは、土間に筵《むしろ》を敷いておまさを座らせた。燭台の火に照らし出されたおまさは、紙のように蒼ざめた顔で、激しく身を顫《ふる》わせていた。

「おまさ、ここはどこか分かるか」

糸川が切り出した。

市之介と彦次郎は、おまさの背後にいた。

「……………」

おまさは無言のまま、首を横に振った。

「われらは、公儀の者だ。ここは武家屋敷の古い納屋だが、おまさ次第では、恐ろしい拷問蔵《せめぐら》にもなるぞ」

糸川が低い声で言った。

それでなくとも、糸川は眉と髭が濃く、武辺者らしい厳《いか》つい顔をしていた。燭台の火に横から照らされた顔は、閻魔のようだった。

「では、訊く。菅谷武左衛門はどこにいる」

「し、知りません。……三日前に、出ていったきりです」

おまさが、声を震わせて言った。

「菅谷が、道場をとじて何年になる？」

糸川は、声をやわらげた。

「に、二年ほどです」

おまさは、すぐに答えた。隠す気はないようである。

「その後、菅谷は何をしてたのだ」

「出稽古に出ることが多く、あまり家にはいなかったんです」

「出稽古な」

糸川は、嘘だろうと思った。菅谷は憂国党として商家を襲うために、出稽古と言って家を留守にしていたのだろう。

「門弟だった者が、家に来ることがあったな」

糸川が声をあらためて訊《き》いた。

「は、はい……」

「山室と北畑もそうか」

「そうです」

「山室は腕がたつようだが、師範代だったのではないか」

すでに、山室が師範代であることは、市之介が聞き込みでつかんでいた。糸川は、おまさの答えに嘘がないか試すためもあって訊いたのである。

「はい」

「そうか。……ところで、山室の家柄は」

糸川は、山室家は幕臣とみていた。

「山室さまは、御家人の次男坊と聞きました」

「御家人な」

「いっしょに連れてきた北畑の家は」

「き、聞いていません」

「うむ……」

北畑の親も、牢人と思えなかったので、幕臣であろう、と糸川は踏んだ。

「ところで、道場には上州から来た佐久間源十郎なる者がいたな」

糸川が声をあらためて訊いた。

「は、はい」

「食客《しょっかく》ではなかったのか」

「そうです」

「佐久間は、いまも木挽町のおまえの家に寝泊まりしているのか」

糸川は、念のために訊いてみた。

「家にはいません。……半年ほど前に、出ていきました」

おまさが、声を強くして言った。佐久間を嫌っていたのかもしれない。

「だが、いまも顔を出すのではないか」

「はい……」

おまさが、視線を落とした。

「ほかにも、山室や佐久間たちといっしょに顔を見せる者がいたな」

糸川は、憂国党の他の仲間が、菅谷の家に来ていたのではないかとみていた。

「利根崎《とねざき》さまが、ときどきみえました」

「利根崎という男も、門弟か」

「古くからの門弟です」

おまさによると、名は利根崎松之助《まつのすけ》で、道場をとじた後も母屋に顔を見せ、菅谷や山室と話していることがあったという。

糸川は、利根崎も憂国党のひとりと睨み、

「利根崎の家はどこにある」

と、訊いた。利根崎の家柄も、幕臣とみたのである。

「山下町《やましたちょう》と聞きました」

「御門近くの山下町か」

山下町は、山下御門の前にひろがる町人地だった。山下町に、幕臣の屋敷はないはずである。

「そうです」

「利根崎は何をしていたのだ」

幕臣の家柄ではないようだ。

「分かりません」

おまさは、首をかしげた。

糸川の話がとぎれたとき、それまで黙って聞いていた市之介が、

「ところで、菅谷の家には、下働きの猪造という男がいたな」

と、訊いた。市之介は、茂吉から聞いていた猪造のことを探ろうと思ったのである。

「はい」

おまさは、市之介に目をむけて答えた。

「猪造は、いまも菅谷の家に仕えているのか」

「半年ほど前にやめましたが、船頭として旦那さまや山室さまたちを舟に乗せて出かけることがあるようです」

「そうか」

やはり、猪造が船頭役として憂国党にくわわっているようだ。

「猪造の塒《ねぐら》はどこだ」

市之介は、猪造の居所が知れれば、捕らえて菅谷たちの隠れ家をつきとめることができると踏んだ。

「利根崎さまと同じ山下町で、長屋住まいをしていると聞きました」

「なんという長屋だ」

長屋だけでは、探すのがむずかしい。

「知りません」

おまさは小声だが、はっきりと言った。

「うむ……」

山下町にある長屋を、片っ端からあたってみるしかないようである。

おまさの訊問はそれで終わり、外に連れ出すと、つづいて北畑を納屋に入れた。

2

北畑はおまさとちがって、なかなか口をひらかなかった。

糸川に変わって、北畑を訊問していた市之介は、

「北畑、話す気がないなら、憂国党のひとりとして、おれがこの場で成敗してやる」

そう言って、抜刀した。

北畑が菅谷たちと市之介たちを襲ったのは、まちがいなかった。それだけでも、憂国党のひとりとみなせるだろう。市之介は、北畑の腕の一本ぐらいこの場で斬り落としてもかまわない、と思った。

「ただでは、殺さぬ。体中、切り刻んでやる」

燭台の火を横から受けた市之介の顔は、爛《ただ》れたように赤く染まり、双眸《そうぼう》が熾火《おきび》のようにひかっていた。

北畑の顔から血の気が引き、体の顫えが激しくなった。脅しではなく、この場で斬られると思ったようだ。

市之介は刀を振り上げた。全身に気魄《きはく》がこもり、斬撃の気配が高まった。

「ま、待て！　おれは、憂国党ではないぞ」

北畑が声をつまらせて言った。

「そのような言い訳が、とおると思っているのか。おまえは、萱谷や山室たちといっしょに柳原通りでおれたちを襲ったではないか」

市之介は、刀を下ろさなかった。

「お、お師匠に、頼まれたからだ」

「萱谷や山室が何をしているか、知らなかったというのか」

市之介が語気を強くした。

「そ、それは……」

北畑の顔に、苦渋と戸惑いの色が浮いた。

「おまえも、憂国党のひとりとして商家に押し入ったのだ」

市之介が、断定するように言った。

すると、北畑は首を伸ばして市之介を見上げ、

「おれは、商家に押し入ったことなどない」

と、声を大きくして言った。

「だが、菅谷たちが何をしていたか知っていたはずだ」

「……知っていた」

北畑が市之介を見上げたまま言った。

「お師匠たちは、国の行く末を憂い、この国を守りたいと思われていた。そのためには、金が必要だったのだ。……夜盗とはちがう」

北畑の声に、訴えるようなひびきがくわわった。

「志士を集め、軍を組織して異人と闘うつもりだったのか」

市之介が、呆《あき》れたような顔をした。

「そのようなことではない。身近にいる武士たちを見てみろ。怠惰な暮らしをつづけ、刀は差しているがただの飾りで、遣ったこともないはずだ。夷狄《いてき》が襲ってきたら、真っ先に逃げるのは武士ではないか」

北畑の声が、怒りと興奮で震えた。

「それで、菅谷たちは何をしようというのだ」

市之介が声をあらためて訊いた。

「玄武館や練兵館を越える大きな武道場を建てて、骨のある武士を育成するのだ。そのためには、どうしても資金がいる」

「剣術の道場ではないのか」

「剣だけではない。槍術、柔術、馬術……。そうした武術を総合的に教え、夷狄と闘える武人を育成するのだ」

北畑が熱っぽい口調で喋った。

「菅谷や佐久間が、柔術や馬術も指南するのか」

「いや、それぞれの名人、達者を招聘し、指南役になってもらうつもりだ」

そのとき、黙って聞いていた糸川が、

「夢のような話だ。その道の達者が、菅谷や佐久間の話を聞いて、集まるとでも思っているのか」

と、口をはさんだ。糸川も、呆れたような顔をしている。

「集まる。すでに、直心影流の達人が、指南役になることを承知しているのだ」

北畑が向きになって言った。

「その直心影流の達人は、だれだ」

すぐに、市之介が訊いた。

鹿嶋屋に押し入った憂国党の武士は六人だった。菅谷、佐久間、山室、利根崎の四人は分かっていたが、北畑が一味でないとすると、ふたり足りないのだ。

「名は聞いていない」

「北畑、おぬしは憂国党ではない、と言ったな」

市之介が念を押すように訊いた。

「ちがう、おれは憂国党ではない」

「憂国党の武士は六人だが、菅谷、佐久間、山室、利根崎の四人は分かっている。残るふたりはだれだ」

市之介が、北畑を見すえて訊いた。

「し、知らない」

「いま話に出た直心影流の遣い手ではないのか」

「……！」

北畑がハッとしたような顔をしたが、すぐに首を横に振った。

「ちがうのか」

市之介が語気を強くして訊いた。

「お、おれは、その方と会ったことはないし、名も聞いていないのだ」

北畑が声をつまらせて言った。

「うむ……」

市之介は、北畑が嘘を言っているとも思えなかった。

つづいて、糸川があらためて菅谷と佐久間の居所を訊いたが、北畑は知らなかった。

北畑の訊問は、終わった。すでに、夜は明けていた。納屋の戸口の隙間から、淡い朝のひかりが射している。

北畑とおまさは、しばらく納屋に監禁しておくことになった。菅谷たちを捕らえた後、大草が北畑とおまさをどうするか決めるだろう。

3

「旦那、舟を用意しやしたぜ」

茂吉が、得意そうな顔をして言った。

市之介は、茂吉と山下町に行くつもりだった。利根崎と猪造の居所をつかむためである。

下谷から山下町まで歩くと大変だが、舟を使えば、あまり歩かず済む。茂吉は、気をきかせて舟を調達したらしい。

「舟はどこで借りたのだ」

「福田屋《ふくだや》でさァ」

福田屋は、佐久間町の神田川沿いにある船宿である。茂吉が、福田屋のあるじに相応の金を渡して調達したのだろう。

茂吉は若いころ、どこかで船頭をしていたことがあるらしく、舟の扱いはなかなかのものだった。

茂吉は市之介について歩きながら、

「舟を借りるんで、ちょいと、懐が寂しくなりやしてね」

と、首をすくめながら言った。

「おお、そうか」

市之介は懐から財布を取り出し、一分銀を二枚手にして茂吉に渡した。まだ、大草からもらった金が残っていたので、気持ちは大きかった。

「ヘッヘヘ……。これで、舟を漕ぐのも苦にならねえ」

茂吉が目を細めて言った。

市之介たちは神田川に突き当たり、柳橋《やなぎばし》方面にすこし歩くと、桟橋に下りる石段があった。その桟橋に舟がとめてあった。

茂吉は舫《もや》い綱《づな》を外してから艫《とも》に立って棹《さお》を握った。

市之介が乗り込むと、

「出しやすぜ」

茂吉が声をかけ、水押《みよ》しを下流にむけた。

市之介の乗る舟は、神田川を下り、大川を下流にむかった。大川の流れは穏やかだった。猪牙舟《ちょきぶね》、屋形船、荷を積んだ茶船などが行き交っている。市之介の乗る舟は、大川の流れに乗って滑るように下っていく。

舟は永代橋《えいたいばし》の下をくぐり、前方に佃島《つくだじま》が迫ってくると、水押しを右手の陸地にむけた。陸沿いをいっとき下流に進んでから、八丁堀にかかる稲荷橋《いなりばし》をくぐって八丁堀を西にむかった。

前方に白魚橋《しらうおばし》が迫ってきたところで、茂吉は水押しを左手にむけて掘割に入った。そこが、三十間堀である。堀の左手に、木挽町の家並がつづいている。

「旦那、この堀を憂国党のやつら、何度も行き来したはずですぜ」

茂吉が声をかけた。

「そうだな」

菅谷たちが舟を遣ったのは、まちがいなかった。舟なら人目に触れずに、奪った千両箱を運ぶことができただろう。

新シ橋が前方に迫ってくると、茂吉は右手に水押しをむけ、船寄に舟をつけた。

「下りてくだせえ」

茂吉が市之介に声をかけた。

すぐに、市之介は腰を上げ、舟から船寄に飛び下りた。そして、茂吉が舫い杭に舟を繋ぐのを待ってから堀沿いの通りに出た。

「こっちでさァ」

茂吉が先にたった。

市之介たちは、三十間堀沿いの道をしばらく南にむかってから、右手の通りに入った。その通りを西にむかえば、山下町に出られるはずだ。

途中、東海道を横切り、さらに町家のつづく通りを西に歩くと、前方に山下御門が見えてきた。

「旦那、この辺りから山下町ですぜ」

茂吉が歩調を緩めて言った。

「さて、どこから探すかな。……分かっているのは、猪造が長屋住まいということだけか」

利根崎も山下町に住んでいるらしいが、住居をつきとめる手掛かりは何もなかった。

「猪造は、菅谷道場で下働きをする前、船頭をしてやした」

茂吉が言った。

「それで」

「この先の山城河岸《やましろがし》には、桟橋や船寄があるはずでさァ。そこにいる船頭に訊けば、猪造のことを知っているやつがいるかもしれねえ」

山城河岸は山下御門の南方、外堀沿いにつづいていた。山下町からは、すぐである。

「行ってみよう」

市之介たちは、すぐに山下御門の方にむかった。

ふたりは御門の前まで来ると、左手に足をむけた。外堀沿いにつづいているのが、山城河岸である。

いっとき歩くと、桟橋があった。数艘の猪牙舟や箱船が舫ってあり、船荷を下ろしている船頭の姿もあった。

「旦那、ここで待っててくだせえ。あっしが訊いてきやすよ」

そう言い残し、茂吉は桟橋につづく石段を下りていった。

茂吉は舟から下ろした叺《かます》を運んでいる船頭のそばに行き、猪造のことを訊いていた。船頭は猪造を知らなかったらしく、茂吉は別の船頭に声をかけた。茂吉は別の船頭と話した後、市之介のそばにもどってきた。

「旦那、知れやしたぜ」

すぐに、茂吉が言った。

「知れたか」

「へい、猪造の住む長屋は、表通りにある富川屋《とみかわや》ってえ呉服屋の脇の路地を入《へえ》った先でさァ」

「長屋の名は分かるか」

「重兵衛店《じゅうべえだな》だそうで」

「行ってみよう」

それだけ分かれば、猪造の住む長屋はすぐに知れるだろう。

市之介と茂吉は来た道を引き返し、山下御門の前を右手に折れて表通りに入った。

しばらく歩くと、右手に呉服屋らしい土蔵造りの大店《おおだな》が見えた。

「あの店だな」

店の脇の立て看板に、「呉服品々　富川屋」と記してあった。

富川屋の脇に路地があった。重兵衛店は、路地の先にあるらしい。

そこは薄暗い路地で、小体な店や仕舞屋《しもたや》などが、ごてごてとつづいていた。人通りは多く、ぼてふり、風呂敷包みを背負った行商人、長屋の女房、町娘……などが、行き交っていた。

4

「長屋はないな」

市之介は路地の左右に目をやりながら歩いたが、長屋につづく路地木戸は見当たらなかった。

「旦那、むこうから来るふたり連れに訊いてみやすか」

茂吉が、小声で言った。

前方から職人ふうのふたり連れが歩いてくる。早目に仕事を切り上げて、一杯やりに行くところであろうか。

「あっしが、訊いてみやしょう」

そう言うと、茂吉はすぐにふたり連れに近寄った。

やけに、茂吉が張り切っている。舟に乗る前に渡した二分が利いているらしい。

茂吉はふたり連れに、重兵衛店のことを訊いていたが、すぐにもどってきた。

「知れやした」

茂吉が市之介のそばに来るなり言った。

路地をこのまま二町ほど歩くと、下駄屋があり、その脇に重兵衛店に出入りする路地木戸があるという。

「よし、行こう」

市之介たちは、路地を歩いた。

二町ほど歩くと、右手に小体な下駄屋があった。店先の台に、赤や紫の鼻緒をつけた下駄が並んでいた。その店の脇に、路地木戸がある。

「あの長屋だな」

「あっしが入《へえ》って、猪造のことを聞いてきやしょうか」

「待て、その前に下駄屋の親爺に訊いてみよう」

店先に、親爺らしい男がいた。台に下駄を並べ替えているらしい。

「今度は、おれが訊いてみる」

市之介は足を速めて、店先に近付いた。

「店の者か」

市之介が親爺に声をかけた。

「へい、下駄ですかい」

親爺は目を細めて言ったが、市之介が武士と知ると急に表情が硬くなった。警戒しているようだ。

「つかぬことを訊くが、そこにある長屋は、重兵衛店かな」

市之介が、穏やかな声で訊いた。

「そうでさァ」

「実は、重兵衛店に猪造という男がいると聞いてきたのだがな。長屋に、猪造という男は住んでいるか」

「へ、へい……」

親爺の顔から、警戒の色は消えなかった。市之介を、町奉行所の同心か火附盗賊改の同心とみたのかもしれない。

「おれは、剣術道場の者でな。猪造に聞きたいことがあるのだ。……猪造は剣術道場の下働きをしているのだが、知っているか」

「知っていやす」

親爺の顔がすこしなごんだ。市之介の話を信じたらしい。

「いまも、猪造はここの長屋で暮らしているのだな」

市之介は念を押した。

「へい」

「独り暮らしか」

「いえ、情婦《いろ》といっしょでさァ。だいぶ、金回りがいいようですよ」

親爺が、口許に薄笑いを浮かべて言った。

「情婦《おんな》の名は」

「お初《はつ》でさァ」

「ところで、猪造だが、剣術道場の下働きをしていると、武士の供をして出かけることもあるのではないか」

市之介が声をあらためて訊いた。

「へい、前の表通りを、お侍と歩いているのを何度も見やした」

「そうか」

猪造は、同じ山下町に住む利根崎といっしょに歩いていることがあるのだろう。

「邪魔したな」

市之介は店先から離れた。他に、親爺から聞くことはなかった。

市之介は茂吉とふたりで路地木戸の前まで行き、なかを覗いてみた。突き当たりに井戸があり、その先に古い棟割り長屋が三棟並んでいた。

「ここにいては、長屋の者が不審に思う。離れよう」

市之介と茂吉は、路地木戸からすこし離れ、路地沿いにあった小体な店の脇に身を隠した。その店は表戸がしめてあり、ひとのいる気配はなかった。つぶれた店らしい。

茂吉が路地木戸に目をやりながら、

「あっしが、覗いてきやしょうか」

と、小声で言った。

「そうだな。……猪造がいるかどうかだけでいいぞ。下手に長屋で聞き込んで、おれたちのことが知れるとまずいからな」

市之介は、ここまできて猪造を逃がしたくなかった。猪造は憂国党を手繰《たぐ》る大事な糸である。

「気付かれねえようにやりやすよ」

そう言い残し、茂吉は路地木戸に足をむけた。

市之介は店の脇に身を隠したまま茂吉がもどってくるのを待った。

陽は西の家並のむこうに沈み、店の陰や路地木戸辺りは、淡い夕闇につつまれていた。そろそろ暮れ六ツの鐘が鳴るだろう。路地を通るのは、仕事帰りの職人や物売りが多かった。

しばらくすると、茂吉が足早にもどってきた。

「どうだ、猪造はいたか」

すぐに、市之介が訊いた。

「いやす」

茂吉によると、長屋の女房に、それとなく猪造の家を訊いたという。そして、その家の腰高障子がしまっているのを確かめてから、長屋の住人を装って家の前を通ってみたそうだ。

「家のなかから、男と女の声が聞こえやした。夕めしでも食ってるようでしたぜ」

「お初という女といっしょにいたのか」

「そのようで」

「今日はこれまでだな」

市之介は、猪造を捕らえずに泳がせてみるつもりだった。利根崎はむろんのこと、菅谷たちとも接触するのではないか、と市之介はみたのだ。

5

翌日、市之介は朝餉《あさげ》をすますと、茂吉を連れて屋敷を出た。山下町に行き、猪造を尾《つ》けてみるつもりだった。

昨日と同じように、市之介は舟で大川を下り、八丁堀を経て三十間堀に入った。そして、新シ橋近くの船寄に舟をとめ、山下町にむかった。

市之介たちは重兵衛店につづく路地木戸の前を通り過ぎ、昨日と同じように店の脇に身を隠した。

「茂吉、やつがいるかどうか見てきてくれ」

市之介は、猪造がいなければ、出直してもいいと思っていた。出直すといっても、山下町にとどまり、利根崎のことを探ってみるのだ。

「承知しやした」

茂吉は、すぐにその場を離れた。

市之介が店の脇に身を隠して待つと、いっときして茂吉が小走りにもどってきた。慌てているようだ。

「どうした」

市之介が訊いた。

「や、やつが、出てきやす！」

茂吉が、猪造の家のある棟の角まで来たとき、いきなり腰高障子があき、猪造が外に出てきたという。茂吉は猪造に姿を見られないように走って路地木戸まで来たそうだ。

「気付かれなかったのだな」

市之介が念を押した。

「そのはずで……」

茂吉が戸惑うような顔をした。猪造に姿を見られなかった、という確信がないのだろう。

「き、来やした」

路地木戸から、男がひとり出てきた。

三十がらみであろうか。面長で、浅黒い肌をしていた。細縞の小袖を裾高に尻《しり》っ端折《ぱしょ》りし、黒股引を穿いていた。

「やつが、猪造か」

「そうで」

「気付かれなかったようだな」

猪造は辺りに目を配る様子もなく、足早に表通りの方へ歩いていく。

「尾けるぞ」

市之介が先に路地に出た。

茂吉は市之介と並んで歩きながら、

「旦那、あっしがやつの跡を尾けやしょう。旦那は、目立ちやすぜ」

と、分別くさい顔をして言った。

「おれは、どうするのだ」

「旦那は、あっしの跡を尾けるんでさァ」

「そうか」

市之介も、ふたり並んで猪造の跡を尾けることはない、と思った。

「先に行きやすぜ」

茂吉が足を速めた。

市之介は、茂吉から半町ほど離れて歩いた。尾行は楽だった。身を隠す必要もない。茂吉の姿を見て歩けばいいのである。

茂吉は通行人にまぎれたり、路地沿いの店の陰などに身を隠したりして、猪造の跡を尾けていく。

猪造は路地から表通りに出ると、東にむかった。表通りを二町ほど歩いたとき、猪造が右手にまがった。路地に入ったらしい。

茂吉が走りだした。猪造の姿が見えなくなり、焦ったようだ。市之介も、茂吉の後ろ姿を見ながら走った。

茂吉は猪造が入った路地の前に足をとめると、角にあったそば屋の脇に身を寄せて路地の先に目をやっていた。

市之介は茂吉の後ろに身を寄せ、

「どうした」

と、声をひそめて訊いた。

「旦那、あそこ」

茂吉が路地の先を指差した。

半町ほど先に、猪造が立っていた。そこは、仕舞屋の戸口らしかった。だれか、出て来るのを待っているようだ。

「出てきた」

茂吉が声を殺して言った。

戸口に、武士があらわれた。羽織袴姿で、二刀を帯びている。

「やつが、利根崎だ!」

市之介は確信した。猪造は、利根崎の家に立ち寄ったのである。

「こっちに来やすぜ」

猪造と利根崎が何やら話しながら、こちらに歩いてくる。

「身を隠せ」

市之介と茂吉は、急いで路地の角から離れた。

ふたりは、路地からすこし離れた店の脇の天水桶の陰に身を隠して猪造たちが出てくるのを待った。

猪造と利根崎は表通りに出ると、東に足をむけた。尾行者に気を配る様子もなく、ふたりは足早に歩いて東海道へ出た。

猪造たちは東海道を左におれ、京橋の方へむかったようだが、その姿が見えなくなった。

「急げ、見失うぞ」

市之介と茂吉は走った。

市之介たちは東海道に出ると、京橋の方に目をやった。東海道は賑わっていた。大勢の老若男女が行き交い、騎馬の武士、駕籠、駄馬を引く馬子などの姿もあった。

「あそこだ！」

市之介が指差した。

行き交う人々の間に、猪造と利根崎の後ろ姿が見えた。京橋の方へ歩いていく。

「間をつめよう」

市之介たちは足を速めた。距離を置くと、行き来する人々に紛れて見失う恐れがあったのだ。

6

「やつら、どこまで行く気ですかね」

茂吉が市之介に身を寄せて言った。

ふたりは、東海道に出てからいっしょに歩いていた。行き交う人が多く、人陰に隠れるので、猪造たちが振り返っても気付かれることはないだろう。

「分からんな」

すでに、猪造たちは京橋を過ぎ、日本橋通りを歩いていた。その辺りは、江戸でも有数の賑やかな通りで、大勢の人々が行き交い、白い靄《もや》のような砂埃がたっていた。

前を行く猪造と利根崎は、日本橋も通り過ぎた。そのまま、表通りを北にむかっていく。

「まさか、下谷まで行って、旦那たちを襲う気じゃァあるめえな」

茂吉が言った。

「ふたりだけで、襲うはずはない」

それに、猪造と利根崎には、これからだれかを襲撃するような殺気だった雰囲気はなかった。

猪造たちは、賑やかな日本橋室町《むろまち》、本町《ほんちょう》と歩いた。そのまま中山道を北にむかっていく。

神田鍋町《なべちょう》まで来たときだった。ふいに、猪造たちが右手の通りに入り、その姿が見えなくなった。

「おい、右にまがったぞ」

市之介は走った。せっかくここまで尾けてきて、まかれたくなかった。

市之介は猪造たちがまがった角まで来ると、

「あそこだ」

と言って、指差した。

猪造たちは、表通りを歩いていた。通りの先は小柳町を経て、和泉橋の方へつづいているはずだ。

……やつら、おれを襲うつもりなのか。

市之介は、本気で思った。

和泉橋を渡って、さらに北にむかえば青井家の屋敷のある御徒町《おかちまち》へ出るのだ。

だが、猪造たちは小柳町に入ると、すぐに細い路地に入った。

市之介と茂吉は、また走った。そして、路地の入口まで来て足をとめ、角にあった店の脇に身を隠して路地の先に目をやった。

「あそこにいやす」

茂吉が指差した。

猪造と利根崎は、仕舞屋ふうの家の前に立っていた。

「おい、剣術の道場ではないか」

建物の側面が、板壁になっていた。武者窓もある。剣術道場としてはちいさいが、道場らしい建物である。

……そういえば、この辺りに道場があると聞いた覚えがあるな。

ただ、市之介は道場主の名も、何流を指南する道場かも思い出せなかった。門弟のすくない道場にちがいない。それに、稽古の音が聞こえなかった。菅谷道場と同じように門をとじたのであろうか。

「旦那、ふたりは家に入《へえ》りやしたぜ」

茂吉が言った。

「前を通ってみるか」

市之介は通行人を装って道場の前を通り、なかの様子をうかがってみようと思った。

茂吉が前を歩き、市之介はすこし間をとって後ろにつづいた。市之介は道場の前まで来ると、戸口に目をやった。

看板が下がっていた。「直心影流　剣術指南」と書かれてあった。

市之介が、直心影流か、と胸の内でつぶやいたとき、脳裏に北畑が口にした言葉がよぎった。

直心影流の達人が、指南役になることを承知している、と北畑は話したのだ。

……菅谷たちにくわわったのは、この道場の者だ！

市之介は確信した。

市之介と茂吉は、道場から一町ほど先まで歩いて足をとめた。

「あの道場の者だ、あらたに憂国党にくわわったのは」

思わず、市之介が言った。

「旦那、菅谷はあの道場に隠れているのかもしれねえ」

茂吉の声も、昂《たかぶ》っていた。

「ともかく、道場の様子を聞き込んでみよう」

近所の者に訊けば、道場主の名や稽古の様子などが分かるだろう。

市之介たちは歩いて、さらに道場から離れた。道場を探っていることが知れたら、また姿を隠すかもしれない。

「そこの舂米屋《つきごめや》で訊いてみるか」

路地沿いに、小体な舂米屋があった。

店の前まで行って覗くと、店の親爺らしい男が、唐臼の脇で米俵をあけようとしていた。玄米が入っているのだろう。

「おれが、訊いてみる」

市之介が店のなかに入ると、茂吉は後ろからついてきた。

店の親爺らしい男は、身を硬くして市之介を見た。いきなり、大小を帯びた武士が店に入ってきたので驚いたらしい。

「ちと、訊きたいことがあってな。手間はとらせぬ」

市之介が穏やかな声で言った。

「へえ……」

男の表情は、まだ硬かった。

「この先に剣術の道場があるな」

「ありますが」

「道場主の名を知っているかな」

「八木吉兵衛さまで」

「八木どのか……」

市之介はどこかで聞いたような気もしたが、思い出せなかった。

「おれの弟が、剣術を習いたいと言い出してな。この辺りに、道場があると聞いてまいったのだが、道場に来てみると、稽古をやっていないようなのだ」

市之介は適当な作り話を口にした。

「そういやァ、ちかごろ稽古はやらねえなァ」

「八木どのの道場は、つぶれたのか」

「つぶれたわけじゃァねえが、稽古をやらなくなったようでさァ」

「なぜ、稽古をやらないのだ」

「門弟がいなくなったからじゃァねえかな」

「門弟がいないのか」

玄武館や練兵館のような大道場だけに門弟が集まり、ちいさな町道場は敬遠されるのかもしれない。

「ところで、道場主の八木どのは、どこに住んでおられるのだ」

市之介は声をあらためて訊いた。

「道場のつづきが、住まいになってやしてね。そこに、お独りで……」

「独り暮らしか」

「下働きのおさよさんが、世話をしてるようでさァ」

「おさよさんは、どこに住んでいるか知っているか」

市之介は、おさよに訊けば、様子が知れるのではないかと思った。

「この先の仁蔵店《にぞうだな》でさァ」

親爺が路地の先を指差して言った。

親爺の顔に、不審の色があった。市之介が根掘り葉掘り訊くので、別の魂胆があって訊いているのではないかと思ったらしい。

「八木道場は、やめておくかな。どうも、まともな稽古はできないようだ」

そう言い置いて、市之介は踵《きびす》を返した。

7

市之介は舂米屋から出ると、

「仁蔵店に行ってみよう」

と、茂吉に声をかけた。

「おさよは、長屋にいるかな」

茂吉は首をひねった。陽は西の空にまわっていたが、暮れ六ツ（午後六時）まではかなりある。

「行ってみれば、分かる」

市之介と茂吉は、路地を歩いた。

しばらく歩いたが、長屋らしい家屋は見えなかったので、路地沿いの店屋に立ち寄って訊くと、すぐに分かった。一町ほど先にそば屋があり、その脇だという。

「あそこに、そば屋がありやすぜ」

茂吉が指差した。

小体なそば屋の脇に路地木戸があった。その先に、棟割り長屋らしい家屋が見えた。

市之介と茂吉は、路地木戸をくぐった。井戸端に、水汲みに来ていた長屋の女房らしい女がいたので、

「おさよさんの家を知ってるかい」

と、茂吉が訊いた。

「知ってますよ」

女は警戒するような顔をして、市之介と茂吉を見た。

「おさよさんは、剣術道場の下働きをしていてな。世話になったことがあるので、礼を言いに来たのだ」

市之介が笑みを浮かべて言った。

「そうでしたか」

女の顔から警戒の色が消え、

「おさよは、井戸のむかいにある棟の北側の家に住んでますよ」

と、教えてくれた。

「おさよさんは、いまいるかな」

「まだ、道場からもどってませんよ。……いつも、ここにもどるのは、暮れ六ツ

の鐘が鳴ってからです」

「おさよさんは、だれと住んでいるのだ」

「おっかさんとふたりで……。亭主が、三年前に亡くなってね。おさよさんが、働きに出てるんですよ」

女が急に涙ぐんで言った。

「それは、気の毒だ」

市之介は、陽が暮れたら来てみよう、と言い置き、茂吉とふたりでその場を離れた。

路地木戸から出ると、

「茂吉、どうだ、そば屋で腹拵《はらごしら》えでもしないか」

市之介が声をかけた。腹もすいていたし、疲れてもいた。今日は、朝から歩きつづけなのだ。

「ありがてえ」

茂吉がニンマリした。茂吉も空腹だったらしい。

市之介と茂吉は、路地木戸の脇にあったそば屋で酒を飲み、そばで腹拵えをしてからあらためて路地木戸をくぐった。

長屋は夕闇につつまれていた。あちこちの戸口から、淡い灯が洩れている。長屋は騒がしかった。どの家も夕めし時で、亭主が仕事から帰り、家族みんなが部屋に集まって団欒《だんらん》しているころなのだ。

おさよの家の腰高障子からも、灯が洩れていた。

「ごめんよ」

茂吉が声をかけてから腰高障子をあけた。

土間の先の座敷に、ふたりの女が座して茶を飲んでいた。ひとりは三十がらみで、もうひとりは年寄りだった。ふたりの膝先に箱膳が置いてあった。夕餉を終えて、茶を飲んでいたらしい。

ふたりは土間に入ってきた茂吉と市之介を見て、驚いたような顔をした。

「おさよさんかい」

茂吉が妙にやさしい声で訊いた。

「そ、そうです」

おさよが、声をつまらせて言った。

「このお方が、八木道場のことでお聞きになりたいことがあるそうだ」

茂吉が市之介に目をやって言った。

市之介は、弟が八木道場に入門したがっていることを話した後、

「ちかごろ、稽古をしてないようなので、どうしたのかと思ってな。おさよさんが、八木道場に勤めていると聞いて、来てみたのだ」

と、おだやかな声で訊いた。弟のことは、作り話である。

「……」

おさよはちいさくうなずき、手にした湯飲みを膝の脇に置いた。

「道場の門はとじたのかな」

「いえ……。ご門弟が来ない日は、稽古をやらないんです」

おさよが答えた。声はしっかりしていた。市之介の話を信じたらしい。

「では、入門しても稽古はできないな」

市之介は残念そうな顔をして見せた。

「で、でも、八木さまは、ちかいうちに大きな道場を建て、大勢の門弟を集めるとおっしゃってましたから……」

「大きな道場を建てる、と言ったのか」

市之介は、北畑が大きな武道場を建てて、骨のある武士を育成する、と話したのを思い出した。

……まちがいない！　八木も憂国党のひとりだ。

市之介は確信した。

「ところで、ちかごろ、菅谷武左衛門どのも八木道場に顔を見せることがある、と聞いたのだがな」

市之介は、菅谷の名を出して訊いてみた。

「菅谷さまは、よくお見えになります」

おさよが言った。

「そうか。……佐久間どのも、いっしょかな」

「はい、佐久間さまは、菅谷さまといっしょのことが多いようです」

「八木道場には、剣の遣い手が集まっているようだ。……入門すれば、いい指南が受けられそうだ」

市之介は満足そうな顔をした。

おさよは、市之介のことを信用したらしく、

「お武家さま、腰を下ろしてください。いま、お茶をお淹れします」

と言って、立ち上がろうとした。

「いや、かまわんでくれ。……そうだ、菅谷どのだが、八木道場にお泊まりかな。

木挽町にある家を出たと、聞いているが」

市之介は、菅谷の居所を聞き出そうとした。

「いえ、道場にお泊まりになることはありません。お泊まりになることがあるのは、師範代の村川さまだけです」

「村川どの……」

市之介は村川のことを知らなかったが、村川も憂国党のひとりかもしれないと思った。

「菅谷どのは、道場の近くに住まわれているのかな」

「はい、近くの借家と、お聞きしました」

「そうですか」

市之介は、これで憂国党の武士五人の居所がつかめそうだ、と思った。

「おさよさん、それがしが道場のことを訊きにきたことは、まだ口にしないでおいてもらいたいのだがな。……できれば、道場が新しくなってから、入門させたいのだ」

「分かりました」

おさよは、うなずいた。市之介の話を信じたようだ。

「手間をとらせたな」

市之介はおさよに礼を言い、茂吉を連れて戸口から出た。

路地木戸から路地に出たところで、

「旦那、憂国党のやつらの尻尾をつかみやしたね」

茂吉が目をひからせて言った。

第五章　討《とう》　伐《ばつ》

1

佐久間町のそば屋、笹川の座敷に、四人の武士が集まっていた。市之介、糸川、彦次郎、それに松井吉之助である。

市之介はおさよから話を聞いた二日後、糸川に笹川に来て欲しいと声をかけると、糸川が彦次郎と松井にも話し、四人が顔をそろえたのだ。

市之介は、ここ何日か糸川たちと離れて探索にあたっていたので、これまでに分かったことを糸川たちに話しておきたかったのである。

笹川のあるじと小女が酒を運んできて、いっとき喉を潤した後、

「おれから話す。……憂国党のことが、だいぶ知れたよ」

市之介がそう前置きして、茂吉とふたりで船頭役の猪造と利根崎の住処をつきとめ、さらに小柳町にある八木道場の八木と師範代の村川が、憂国党の仲間らしいことを話した。

「さすが、青井だ。よくつきとめた」

糸川が感心したように言うと、彦次郎と松井も、驚いたような顔をして市之介を見た。

「実は、おれたちも、八木道場に目をつけていたのだ」

糸川が松井に顔をむけ、

「松井、話してくれ」

と、声をかけた。

「聞き込みで、八木道場の門弟が、新しく大道場を建てるらしい、と話していたのを知って、探ってみたのです」

松井がそう前置きして話しだした。

松井は糸川に知らせ、ふたりで別の八木道場の門弟にあたって話を聞いたという。その結果、八木だけでなく、流派を超えて何人かの遣い手を集め、新しい道場で門弟の指南にあたる計画があることを知ったそうだ。

「それでな、確信はなかったが、八木も憂国党ではないかとみていたのだ」

糸川が言い添えた。

「糸川たちも八木道場に目をむけていたのなら、話は早い。……おれは、これ以上一味の者たちを泳がせておくと、こっちの動きに気付き、姿を消すのではないかと懸念しているのだ」

市之介が、糸川たち三人に目をやって言った。

「おれも、そんな気がする」

糸川がうなずいた。

「ここらで、一味の者たちを襲って討つなり、捕らえるなりしたいのだが、糸川、どう思う」

「やろう」

糸川が言うと、彦次郎と松井がうなずいた。

「ただ、ひとつ懸念がある」

「なんだ」

「まだ、肝心の菅谷と佐久間の居所が、分かっていないのだ。八木道場の近くに身をひそめているとみてはいるのだが……」

「下手に八木道場に手を入れると、菅谷と佐久間が行方をくらますというわけだな」

糸川が言った。

「そうだ。菅谷と佐久間に逃げられたのでは、利根崎や八木たちを抑えてもどうにもならん」

「もっともだ」

「それで、まず、利根崎と猪造を捕らえ、ふたりに菅谷たちの居所を吐かせた上で、いっせいに残る四人を襲ったらどうかな。……幸い、利根崎と猪造の住処は山下町で、小柳町からは遠い。二、三日なら、八木や菅谷の耳にも入らないだろう」

「利根崎と猪造だが、吐くかな」

糸川が首をかしげた。

「利根崎はともかく、猪造は口を割るとみている。猪造は金で動いていたようだ。それほど、骨のある男ではないだろう」

「よし、利根崎と猪造を先に捕ろう」

糸川が語気を強くして言った。

「それで、いつやる」

市之介は、早い方がいいと思った。

「明後日はどうだ」

糸川が、明日中に御小人目付《おこびとめつけ》たちを集め、念のために、何人か八木道場の見張りにもあたらせることを話した。

「いいだろう」

それから、市之介たちは、明後日のこまかい手筈を相談してから笹川を出た。


二日後、市之介と糸川は、神田川の桟橋にいた。茂吉の漕ぐ舟で、三十間堀まで行くことになっていたのだ。彦次郎は、他の御小人目付たちと山下町に先に行き、利根崎と猪造の住処を見張ることになっていた。笹川で話したときに、市之介から利根崎と猪造の住処はどこか話してあったのだ。

「乗ってくだせえ」

茂吉が、艫《とも》に立って声をかけた。

茂吉と市之介のふたりで、利根崎たちを尾《つ》けたとき、舟は三十間堀の船寄に置いたままになっていたが、翌日、茂吉が三十間堀まで舟を取りにいったのだ。

八ツ（午後二時）ごろだった。まだ、陽は頭上にあった。市之介たちは二手に分かれ、夕暮れどきに利根崎と猪造の住処を襲う計画だった。いまからでも、十分間に合うはずである。

市之介たちの乗る舟は大川を下り、八丁堀を経て三十間堀に入った。前方に新シ橋が迫ってくると、茂吉は右手にある船寄に水押《みよ》しをむけた。

「おい、彦次郎と松井どのがいるぞ」

市之介が言った。

船寄に、彦次郎と松井が立っていた。市之介たちを待っていたようだ。

市之介たちは、舟から下りると、

「どうした」

糸川が、彦次郎と松井に目をやって訊いた。

「利根崎と猪造の様子を知らせようと思い、ふたりで待っていました」

彦次郎が言った。

「話してくれ」

「利根崎は、借家にいます」

すぐに、松井が言った。

「猪造は」

市之介が、彦次郎に訊《き》いた。

「猪造は昼めしを食いに長屋を出ましたが、半刻（一時間）ほどしてもどりました」

市之介たちが猪造を捕らえ、糸川たちが利根崎を捕らえる手筈になっていたのだ。

「いまは、長屋にいるのだな」

「いるはずです」

「手筈どおり、踏み込めそうだぞ」

市之介が男たちに声をかけた。

2

山下町の表通りをしばらく歩くと、そば屋の前で松井が足をとめ、

「利根崎の住処は、そこの路地を入った先です」

そう言って、そば屋の脇の路地を指差した。利根崎の住処は、何人かの御小人目付が見張っているはずである。

「暮れ六ツの鐘を合図に踏み込むのだな」
糸川が市之介に顔をむけ、念を押すように訊いた。
「そうだ」
市之介たちは、暮れ六ツの鐘を合図にそれぞれの塒《ねぐら》に踏み込む手筈になってい
た。ただ、その前に利根崎にしろ猪造にしろ塒から出かければ、その場で取り押
さえることになるだろう。
「おれたちは、この先だ」
市之介と糸川は、その場で別れた。
松井は糸川に同行した。腕のたつ松井は、利根崎の捕縛《ほばく》にあたることになって
いたのだ。
市之介、彦次郎、茂吉の三人は、通り沿いにある富川屋の脇の路地に入った。
猪造の住む重兵衛店は路地の先にある。
路地沿いにある下駄屋の近くまで行くと、以前、市之介と茂吉が身を隠した店
の脇から、武士がふたり姿を見せた。増林ともうひとりは、長身の武士だった。
ふたりで長屋を見張っていたらしい。後で名を聞いて分かったのだが、長身の武
士は御小人目付の福原富之助《ふくはらとみのすけ》だった。

「猪造はいるな」

市之介が念を押すように訊いた。

「います」

増林が言った。

「まだ、早いな。暮れ六ツまで待とう」

市之介が西の空に目をやって言った。陽は西の家並の向こうに沈みかけていたが、まだ暮れ六ツまでには間がありそうだ。

市之介たちは店の脇に身を隠し、暮れ六ツの鐘が鳴るのを待った。

それから、半刻（一時間）も経ったろうか。暮れ六ツの鐘の音が聞こえた。陽は沈み、市之介たちのいる店の陰は淡い夕闇につつまれている。

「行くぞ」

市之介が声をかけた。

「こっちでさァ」

茂吉が先にたった。茂吉は、猪造の家が長屋のどこにあるか知っていたのだ。

路地木戸をくぐり、三棟ある長屋の北側の棟の角まで来ると、

「やつの家は、手前から三つ目で」

茂吉が小声で言った。

腰高障子の破れ目から、淡い灯が洩れていた。だれかいるらしい。隣の家からも、くぐもったような人声が聞こえた。長屋の住人の多くが、家にいるころである。

「よし、おれと彦次郎、茂吉の三人で踏み込む。増林どのと福原どのは、戸口を固めてくれ」

市之介が声をひそめて言った。

「はい」

増林と福原がうなずいた。

市之介たち三人は、猪造の家の戸口に近付いた。腰高障子越しに、男と女の声が聞こえた。猪造と情婦のお初であろう。

「あけやすぜ」

茂吉が、そろそろと腰高障子をあけた。

市之介、彦次郎、茂吉の順に、土間に踏み込んだ。猪造は座敷のなかほどに胡《あぐ》座《ら》をかき、貧乏徳利の酒を飲んでいた。年増が、脇に座していた。お初らしい。

「て、てめえら！」

叫びざま、猪造はいきなり手にした湯飲みを市之介に投げつけた。

咄嗟に、市之介は身をかがめて湯飲みをかわした。湯飲みは、腰高障子を突き破って外に飛んだ。

猪造は、飛び上がるような勢いで立ち上がり、神棚に置いてあった匕首《あいくち》をつかんだ。

「観念しろ、猪造！」

市之介は抜刀し、刀身を峰に返して座敷に踏み込んだ。すばやい動きである。

「やろう、殺してやる！」

猪造がひき攣ったような声を上げ、匕首を構えて市之介に迫ってきた。目がつり上がり、歯を剝き出している。逆上しているようだ。

ヒイイッ！

お初は喉を裂くような悲鳴を上げ、這って部屋の隅に逃れた。

市之介は脇構えにとって猪造の前に立ち、腰を沈めて斬撃の体勢をとった。

「死ね！」

猪造が叫びざま、匕首を前に突き出して踏み込んできた。

刹那、市之介が刀身を逆袈裟に振り上げた。

峰に返した刀身が、突き出した猪造の右の二の腕をとらえ、手にした匕首が虚空に飛んだ。

グワッ！　と猪造が呻《うめ》き声を上げ、前によろめいた。右腕が、ダラリと垂れている。市之介の一撃が猪造の腕の骨を砕いたらしい。

「捕れ！」

市之介が声を上げ、切っ先を猪造の喉元にむけた。

すかさず、彦次郎が猪造の両肩を押さえて座敷に座らせた。茂吉が猪造の背後にまわり、用意した細引で猪造の両腕を後ろにとって縛った。

「猿轡《さるぐつわ》をかましてくれ」

「へい」

茂吉が手ぬぐいで、猪造に猿轡をかました。

市之介は、部屋の隅で身を顫《ふる》わせているお初のそばに立ち、

「われらは、八丁堀の者だ。猪造は、博奕の科《とが》で捕らえた」

と、もっともらしく言った。

市之介は、すこしの間だけでも、菅谷たちに猪造を捕らえたのは町方だと思わせておきたかったのだ。

「ひったてろ！」

市之介が彦次郎と茂吉に声をかけた。

猪造を外に連れ出すと、増林と福原が待っていた。

「猪造を捕らえた。行くぞ」

市之介たちは、猪造を取りかこむようにして長屋を出た。

3

山下町の表通りは、濃い夕闇につつまれていた。通り沿いの店は表戸をしめ、ひっそりとしていた。それでも、ちらほら人影があった。そば屋、小料理屋、飲み屋などは、まだ店をひらいていて、淡い灯が通りを染めている。

市之介たちは、そば屋の近くまで来ると、足をとめた。

「まだ、糸川さまたちは来ていません」

彦次郎が言った。

そば屋の脇にある路地の先に、利根崎の住む仕舞屋《しもたや》があり、糸川たちは利根崎を捕らえに行っているのだ。

「あっしが見てきやしょう」

茂吉が走りだした。

市之介たちは人目につかない通り沿いの暗がりに立って、茂吉がもどるのを待った。

しばらく待つと、茂吉が走ってきた。

「い、糸川さまたちが、来やす！」

茂吉が息を弾ませながら言った。

「利根崎を捕らえたか」

市之介は気になっていたことを訊いた。

「いま、連れてきやす」

「それで、みんな無事か」

「ぶ、無事です」

「そうか」

市之介は、ほっとした。利根崎は、菅谷道場の高弟なので、腕がたつとみていた。下手をすると、糸川たちから犠牲者が出るのではないかと懸念していたのだ。

「糸川さまたちです」

彦次郎が、声を上げた。

そば屋の脇の路地から、糸川たちが姿を見せた。糸川、松井、それにふたりの武士が、利根崎を取り囲むようにして歩いてくる。ふたりの武士は、利根崎の家を見張っていた御小人目付であろう。

利根崎は後ろ手に縛られ、猿轡をかまされていた。肩から胸に着物が裂け、血に染まっていた。斬撃をあびたらしい。

「利根崎が、抵抗してな。やむなく、斬ったのだ」

糸川が顔をしかめて言った。顔や着物に血の色があった。返り血を浴びたらしい。

「ともかく、早くふたりを連れていこう」

市之介たちは、捕らえた猪造と利根崎を彦次郎の家の納屋に連れ込んで、訊問することになっていた。

市之介たちは来た道を引き返し、船寄にとめてあった舟に猪造と利根崎を乗せた。舟で、神田川にかかる和泉橋の近くまで連れていく手筈になっていたのだ。

舟に乗り込んだのは、市之介、糸川、彦次郎、茂吉、それに捕らえた猪造と利根崎だった。松井たちは、この場からそれぞれの屋敷に帰ることになっていた。

彦次郎の家の納屋で、利根崎から先に訊問をすることになった。利根崎の傷が思ったより深く、長く持ちそうもない、とみたからである。

納屋に監禁されていた北畑とおまさ、それに捕らえた猪造は、外に出されていた。猪造たち三人は、彦次郎と茂吉が見ていることになった。

利根崎は土間に敷かれた筵《むしろ》の上にへたり込んでいた。そのまわりを、市之介たちが取りかこんでいる。

燭台の火に照らし出された利根崎の顔は苦しげにゆがみ、息が荒くなっていた。出血が激しい。利根崎の小袖は、蘇芳《すおう》色に染まっていた。

「おぬし、御家人か」

市之介が利根崎に訊いた。

「は、旗本に仕えていたが、やめた」

利根崎が喘《あえ》ぎながら言った。どうやら、旗本の家士だったらしい。

「憂国党のひとりだな」

「……」

利根崎は何も言わなかった。虚空にむけられた視線が揺れている。

「菅谷道場の門弟か」

「そ、そうだ」

「武道場を建てるそうだが、その話は聞いていたのか」

「き、聞いていた……」

「おぬし、小柳町の八木道場を訪ねたな」

「……！」

利根崎が驚いたような顔をして市之介を見た。

「隠しても無駄だ。菅谷と佐久間が、八木道場に出入りしていることも、八木がおぬしたちの仲間であることも、われらは承知している」

「そ、そこまで、つかんでいるのか」

利根崎が、声を震わせて言った。

「おぬし、菅谷と佐久間とも、八木道場で会っていたな」

「……」

利根崎は、うなずいた。隠してもどうにもならないと思ったようだ。それに、己の命は長くない、と感じとっているのだろう。

「菅谷と佐久間は、どこに身を隠している」

市之介が利根崎を見すえて訊いた。

「し、知らぬ」

利根崎が、苦しげに顔をゆがめて言った。体の顫えが激しくなっている。

「菅谷や佐久間と、連絡をとっていたはずだ」

「そ、それは、猪造だ……」

利根崎の息が荒くなった。視線が揺れている。

「奪った金は、どこにある」

さらに、市之介が訊いた。

「ど、道場に……」

そのとき、利根崎は背筋を伸ばし、顎を突き出すようにした。

グッ、と喉が鳴り、硬直したように体がつっ張った次の瞬間、ガックリと首が垂れ、筵の上に横に倒れた。

利根崎の体が痙攣《けいれん》していたが、すぐに動かなくなった。

「死んだ」

市之介が低い声で言った。

利根崎につづいて、猪造を納屋に連れてきた。

猪造は土間の隅に横たわっている利根崎の姿を見て、恐怖に身を顫わせた。市之介たちに殺されたと思ったらしい。

「猪造、利根崎のようになりたくなかったら、包み隠さず話すんだな」

市之介が言った。

猪造は筵に座らされ、紙のように蒼ざめた顔で市之介を見上げた。その視線が揺れている。

「まず、奪った金だが、どこに隠してある」

「……な、何のことか、分からねえ」

猪造が声を震わせて言った。

「猪造、いまさら隠してもどうにもならないぞ。おれたちは、おまえや利根崎の跡を、ずっと尾けていたのだ。どこで、何をしていたかも分かっている。それに、利根崎もあらかた吐いたし、菅谷の妻女のおまさ、門弟の北畑もしゃべった。……おまえが、舟で奪った金を運んだことも、分かっている」

「……！」

猪造の顔が、ひき攣ったようにゆがんだ。

「奪った金は、どこにある」

市之介が猪造を見すえて訊いた。

「ど、道場に……」

猪造が肩を落として言った。

「菅谷道場だな」

「……」

猪造が、首を垂れるようにうなずいた。

「もうひとつ、訊きたいことがある。菅谷と佐久間は、どこに身を隠している」

「し、知らねえ」

猪造が身を顫わせて言った。

「猪造、利根崎のように斬られたいのか。連絡役のおまえが、知らないはずはあるまい」

「しゃ、借家に」

猪造が声を震わせて言った。

「どこの借家だ」

「平永町《ひらながちょう》で」

すぐに、猪造は答えた。隠す気が薄れてきたのだろう。

「菅谷と佐久間は、同じ家にいるのか」

平永町は、小柳町の隣町である。

「へ、へい……」

猪造が、佐久間は馴染みの小料理屋に出かけて、借家にいないときが多いことを言い添えた。

「その小料理屋は、どこにある」

「知らねえ。佐久間の旦那から、聞いたことはねえんで」

「うむ……」

市之介は、猪造が嘘を言っているようには見えなかった。

市之介の訊問が終わると、糸川が村川のことを訊いた。猪造の話によると、村川は八木道場の師範代で、道場にいることが多いという。

「まず、菅谷と佐久間の隠れ家をつきとめよう」

糸川が、市之介たちに目をやって言った。

4

夕暮れ時だった。そこは小柳町に近い柳原通り、土手に植えられた柳のそばに、武士が集まっていた。市之介、糸川、彦次郎、それに御小人目付である。

「松井が、来ました」

彦次郎が言った。

見ると、松井が走ってくる。松井は、八木道場の様子を見に行ったのだ。

松井が市之介たちのそばに来ると、

「どうだ、道場の様子は」

すぐに、糸川が訊いた。

「おります、八木と村川が」

松井が息をはずませて言った。

「よし、あとは菅谷たちだな」

繁川が、菅谷と佐久間の住む借家の様子を見に行っていた。

利根崎と猪造を訊問した翌日、糸川たちは平永町に出かけ、菅谷たちの住む借家をつきとめていたのだ。

　それから、いっときして繁川がもどってきた。

「菅谷しかいません。佐久間は、借家を出ているようです」

　繁川が報告した。

「どうする」

　糸川が市之介に訊いた。

「佐久間は、借家にいないときが多いようだ。ふたりそろうのを待つと、いつになるか分からないぞ。それに、菅谷たちは、猪造と利根崎がおれたちに捕らえられたことに気付いて、姿を消すかもしれない」

「そうだな」

「手筈どおりやろう」

　市之介が腹をかためたように言った。

「よし」

　糸川がうなずいた。

「それがしは、平永町へ行きます」

　そう言い残し、繁川はその場から足早に離れた。繁川は借家の見張りにむかうのだ。

「おれたちは、八木の道場だな」

市之介が、糸川たちに顔をむけて言った。

市之介たちは、当初二手に分かれ、八木の道場と菅谷たちの借家を同時に襲う手を考えていた。だが、八木、村川、菅谷、佐久間の四人が遣い手であることから、戦力を分散させると、返り討ちに遭うと判断した。それで、まず総力をあげて八木道場を襲い、つづいて菅谷たちを襲うことにしたのだ。

「行くぞ」

糸川と増林が先にたち、市之介たちがつづいた。

小柳町の町筋に入り、細い路地をすこし歩いてから路傍に足をとめた。路地沿いに八木道場があった。辺りはひっそりとして、稽古の音は聞こえなかった。まだ、頭上は明るかったが、路傍の樹陰や道場の軒下には淡い夕闇が忍び寄っている。

「道場の様子を見てくる」

糸川がそう言い残し、増林とふたりで道場にむかった。

ふたりは、道場の戸口に身を寄せてなかの様子をうかがっていたが、すぐにもどってきた。

「八木たちは、道場にいる」

糸川によると、八木と村川は道場の床に腰を下ろして、貧乏徳利の酒を飲んでいるという。

「ふたりを討とう」

市之介と糸川が先に立った。

市之介たちは、ふたりを捕縛するつもりはなかった。八木と村川は、刀を手にしてむかってくるはずだ。直心影流の遣い手であるふたりを生け捕りにしようとすれば、多くの犠牲者が出るだろう。それに、八木と村川を訊問して、聞き出したいこともなかったのである。

市之介たちは、道場の戸口に身を寄せた。道場のなかから、男のくぐもったような声が聞こえた。酒を飲みながら話しているらしい。

「入るぞ」

市之介が板戸を引いた。

戸はすぐにあいた。土間の先に狭い板間があり、その奥が道場になっていた。

薄暗い道場のなかほどで、ふたりの男が酒を飲んでいた。膝先に貧乏徳利が置いてあり、湯飲みを手にしている。

「おぬしら、何の用だ」

三十代半ばと思われる武士が、市之介たちに訊いた。

この男が村川らしい。村川の顔がこわばっていた。市之介たちのことを菅谷たちから、聞いているのかもしれない。

「幕府の目付筋の者だ」

糸川がふたりを見すえて言った。

「目付が、町道場に用があるのか」

四十がらみの剽悍《ひょうかん》そうな男が、脇に置いてあった大刀に手を伸ばした。この男が八木であろう。

「憂国党に用がある」

「憂国党だと！」

八木の顔が、ひき攣ったようにゆがんだ。

「憂国党には、幕臣の子弟もいる。町方に引き渡してもいいが、公儀の顔がつぶれるのでな。剣の勝負ということにして、おれたちが始末してやるのだ」

そう言って、糸川が刀の柄に手をかけた。

「なに！」

八木が、刀を手にして立ち上がった。

村川もすぐに立ち、抜刀して、鞘を足許に捨てた。

市之介と糸川、それに彦次郎たちは刀を抜き放ち、次々に道場に踏み込んだ。

道場の床が鳴り、足音がひびいた。

「八木、おれが相手だ！」

市之介が、八木の前に立ちふさがった。すると、彦次郎と松井が、すばやく背後にまわり込んだ。

糸川は村川の前に立ち、増林が後ろにまわった。他の者たちはすこし間合をとって、八木と村川を取りかこんでいる。

5

市之介は、八木と二間半ほどの間合をとって対峙《たいじ》した。真剣での立ち合い間合としては近いが、道場内のためひろく取れないのだ。

市之介と八木は、相青眼に構えた。

八木は市之介の構えを見て、驚いたような顔をした。市之介が、遣い手と分かったからだろう。

「おれは、直心影流、おぬしは」

八木が訊いた。

「心形刀流――」

「これは立ち合いだ。容赦しないぞ」

八木が低い声で言った。顔がひきしまり、双眸《そうぼう》が猛禽《もうきん》のようにひかっている。全身に気勢が漲《みなぎ》り、いまにも斬り込んできそうな気配があった。

……遣い手だ！

市之介は、八木の剣尖に威圧を感じた。

「まいる！」

八木が先《せん》をとった。

趾《あしゆび》を這うように動かし、ジリジリと間合をつめてくる。

市之介は動かなかった。気を静めて、八木の斬撃の起こりをとらえようとしていた。八木の背後にいる彦次郎と松井も動かなかった。いや、動けなかったのである。八木の気魄《きはく》に圧倒されているのだ。

ふいに、八木の寄り身がとまった。一足一刀の斬撃の間境の一歩手前である。八木は市之介の気を乱してから、仕掛けるつもりらしい。

八木は斬撃の気配を見せ、切っ先を、ピク、ピクと動かした。市之介の気を乱そうとしたのだ。

そのとき、八木の背後にいた彦次郎が、一歩踏み込んだ。この動きで、市之介と八木の間に張り詰めていた剣の磁場が裂けた。

刹那、ほぼ同時に、八木と市之介に斬撃の気がはしった。

イヤアッ！

トオッ！

ふたりの鋭い気合がひびき、体が躍った。

市之介が袈裟へ。

八木も袈裟へ。

二筋の閃光がはしり、ふたりの眼前で合致し、青火が散り、甲高い金属音がひびいた。

次の瞬間、ふたりは背後に跳びざま、二の太刀をふるった。

市之介は籠手へ――。

八木は胴を狙って横に払った。

だが、ふたりの切っ先は空を切った。両者が後ろへ跳んだため、間合が遠くなったのである。

それでも、市之介の動きはとまらなかった。後ろに跳んだ市之介は、ふたたび大きく踏み込み、刀をふるった。一瞬の太刀捌《たちさば》きである。

真っ向へ――。

八木は身を引きながら市之介の斬撃を受けた。そのとき、後ろへよろめいた。身を引きながら受けたため、体勢がくずれたのだ。

すかさず、市之介が突きをくりだした。鋭い突きである。

切っ先が、八木の胸をとらえ、切っ先が背から突き出た。

八木は、グッと喉のつまったような呻き声を上げ、その場につっ立った。市之介は刀の柄を握ったまま八木に体を密着させている。

八木が右手に持った刀を振り上げようとした瞬間、市之介は後ろに跳んだ。そのとき、刀身が抜け、八木の胸から血が奔騰《ほんとう》した。市之介の切っ先が、八木の心ノ臓をとらえていたようだ。

八木は胸から血を噴出させて後ろへよろめいたが、足がとまると、腰からくずれるように転倒した。

市之介は糸川に目を転じた。

糸川は八相に構えて村川と対峙していた。すでに、一合したと見え、糸川の右袖が裂け、村川の左肩が血に染まっていた。

……糸川が後れをとることはない。

と、市之介は見てとった。

村川の青眼に構えた切っ先が、ワナワナと震えていた。左肩を斬られ、まともに構えられないのだ。

イヤアッ！

突如、村川が真っ向に斬り込んだ。気攻めも誘いもない、唐突な仕掛けだった。捨て身の攻撃といっていい。

すかさず、糸川は右手に体を寄せて村川の斬撃をかわし、刀身を横に払った。素早い体捌きである。

糸川の刀身が、村川の脇腹を切り裂いた。村川は呻き声を上げて、前によろめいた。小袖が裂け、赤くひらいた傷口から血が流れ出ている。

村川は足をとめると、反転して刀を構えようとした。そこへ、糸川が踏み込み、鋭い気合とともに袈裟に斬り込んだ。

切っ先が、村川の首をとらえた。

ビュッ、と血が赤い帯のように飛んだ。

村川は血を撒《ま》きながらよろめき、そのまま前につんのめるように倒れた。

道場の床に伏臥《ふくが》した村川は、動かなかった。首筋から流れ出た血が、道場の床を赤く染めてひろがっていく。

「糸川、見事！」

市之介が声をかけた。

「おまえも、みごとに八木を討ったな」

糸川は、市之介が八木を討ったのを目の端でとらえていたようだ。

市之介と糸川のまわりに、彦次郎をはじめ増林たちが集まってきた。どの顔にも、真剣勝負の凄絶さを目にした興奮の色があった。

「次は、菅谷だ」

市之介が昂《たかぶ》った声で言った。

市之介たちは、今日のうちに菅谷を討つつもりだった。すでに、道場内は、暗くなっている。

6

市之介たちは、平永町の路地を足早にたどった。五ツ（午後八時）ごろである。辺りは夜陰につつまれ、頭上に十六夜《いざよい》の月が出ていた。

糸川が路傍に足をとめ、

「あの家だ」

と、前方の仕舞屋を指差して言った。

仕舞屋の戸口から淡い灯が洩れていた。路地沿いの家々はひっそりと静まり、路地に人影はなかった。

糸川は、猪造から菅谷と佐久間が平永町の借家に身をひそめていると聞いた翌日、彦次郎たち数人の御小人目付を連れて、平永町に出かけて借家をつきとめたのだ。

市之介たちが仕舞屋に近付くと、路傍の樹陰から人影があらわれ、こちらに走ってきた。繁川だった。仕舞屋にいる菅谷を見張っていたのである。

「菅谷はいるか」

すぐに、糸川が訊いた。

「います」

「佐久間は、いないのだな」

糸川が念を押した。

「姿を見せません」

「家にいるのは、菅谷ひとりか」

「ひとりです」

繁川によると、下働きらしい年配の女が、半刻（一時間）ほど前に仕舞屋を出て、その後は菅谷ひとりだという。

「よし、菅谷を討とう」

糸川が市之介に目をやって言った。

「菅谷は遣い手だ。ふたりでやろう」

菅谷は神道無念流の遣い手だった。それに、夜である。下手に立ち合いを挑むと、返り討ちに遭う恐れがあったのだ。

「承知した」

糸川がうなずいた。市之介の胸の内が、分かったようだ。

市之介たちが仕舞屋の戸口に近付くと、

「彦次郎や繁川たちは、すこし間をとれ。青井とおれの闘いの様子をみてから、加勢してくれ」

糸川が指示した。

「はい！」

彦次郎が応え、繁川たちがうなずいた。

市之介と糸川だけが、戸口に身を寄せた。板戸の向こうにひとのいる気配がし、かすかに瀬戸物の触れ合うような音が聞こえた。菅谷は、土間の近くにいるらしい。

「あけるぞ」

市之介が板戸をあけた。

土間の先の座敷に、男がひとり座していた。行灯《あんどん》の明かりに、大柄で肩幅のひろい武士が浮かび上がっていた。市之介たちにむけられた双眸が、行灯の灯を映じて赤くひかっている。菅谷らしい。

菅谷は猪口を手にしていた。膝先に箱膳が置いてあり、銚子が立っていた。ひとりで酒を飲んでいたようだ。酒の支度は、下働きの者がしたのだろう。

「目付筋の者か」

菅谷が、市之介と糸川を見すえて訊いた。

「いかにも」

「よく、ここが分かったな」

「猪造と利根崎が吐いた。もっとも、利根崎は死んだがな」

「なに！」

菅谷の顔がゆがんだ。

「八木と村川も討ちとったぞ。残るは、おぬしと佐久間だけだ」

市之介が言った。

「おのれ！」

菅谷は手にした猪口を膳の上に置き、傍らに置いてあった大刀に手を伸ばした。

顔が憤怒で赤黒く染まっている。

菅谷は立ち上がり、刀の柄に手をかけた。

「表へ出ろ！　ここは狭すぎる」

市之介は、菅谷を表に引き出したかった。座敷は狭く、菅谷の後ろにまわることができないのだ。

「よかろう」

菅谷も、狭い座敷では存分に刀がふるえないとみたようだ。

糸川が先に戸口から出て、市之介がつづいた。菅谷は抜刀し、抜き身を引っ提げて外に出てきた。

家の前の路地で、市之介が菅谷と相対した。ふたりは、すぐに刀を構えなかった。刀身を脇に垂らしている。

糸川が菅谷の後ろにまわり込んだ。外にいた彦次郎たちは市之介たちから離れ、糸川の背後や路地沿いの家の軒下などに身を隠し、市之介、糸川、菅谷の三人に目をむけている。市之介たちがあやういとみれば、助太刀にくわわるはずである。

「うぬは、何流を遣う」

菅谷が市之介に訊いた。

「心形刀流――」

「伊庭軍兵衛の門人か」

「いかにも」

「おれは、神道無念流――」

そう言って、菅谷は青眼に構え、剣尖を市之介にむけた。

市之介は八相に構えた。刀身を垂直に立てた高い八相である。菅谷の背後にまわった糸川は、青眼に構えている。

……遣い手だ！

市之介は、菅谷の剣尖が眼前に迫ってくるような威圧を感じた。菅谷の体が遠ざかったように見える。剣尖の威圧で、間合を遠く見せているのだ。

市之介と菅谷の間合は、およそ四間――。

ふたりは、青眼と八相に構えて対峙したまま動かなかった。ふたりの刀身が、月光を映じて青白くひかっている。

先に動いたのは、背後にいる糸川だった。足裏を擦るように動かし、すこしずつ菅谷との間合をせばめ始めた。

すると、菅谷も動いた。後ろを振り返って見なかったが、糸川が迫ってくるのを感じとったらしい。

菅谷は糸川と同じように市之介との間合をつめてくる。菅谷は、糸川を斬撃の間合に踏み込ませまいとしているのだ。巧みである。菅谷は背後を見ることなく、市之介と糸川のふたりを相手にしているのだ。

市之介は動かず、気を静めて、菅谷との間合を読んでいた。

ふいに、菅谷の寄り身がとまった。一足一刀の斬撃の間境まで、まだ半間ほどある。菅谷は全身に気勢を漲らせ、斬撃の気配を見せた。

……この間合からくる！

市之介は察知した。

イヤアッ！

突如、菅谷は裂帛《れっぱく》の気合を発し、すばやい摺り足で迫ってきた。

一気に、斬撃の間合に踏み込み、青眼から真っ向へ斬り下ろした。たたきつけるような強い斬撃である。

刹那、市之介は八相から袈裟に斬り下ろした。

ガキッ、という重い金属音がひびき、ふたりの刀身がはじき合った。次の瞬間、ふたりは二の太刀をはなった。

袈裟と袈裟――。

ふたりの刀身が眼前で合致し、動きがとまった。鍔迫り合いである。

そのとき、糸川が菅谷の背後に迫ってきた。糸川は、鍔迫り合いで動きがとまった菅谷に隙を見たのだ。

タアッ！

鋭い気合を発し、糸川が背後から斬り込んだ。

咄嗟に、菅谷は右手に跳んで糸川の斬撃をかわしたが、跳ぼうとした瞬間、市之介に刀身を押されてよろめいた。

すかさず、市之介が斬り込んだ。

真っ向へ――

切っ先が菅谷の額をとらえた。

にぶい骨音がし、菅谷の額から鼻筋にかけて血の線が走った。次の瞬間、菅谷の額が割れ、血と脳漿《のうしょう》が飛び散った。

菅谷は悲鳴も呻き声も上げなかった。腰から沈むように転倒した。

地面に仰向けに倒れた菅谷は、四肢を痙攣させているだけで動かなかった。絶命したらしい。柘榴《ざくろ》のように割れた額から流れ出た血が、顔を真っ赤に染めている。

「菅谷を仕留めたな」

糸川が、倒れている菅谷に目をやりながら言った。

「おぬしがいなかったら、ここに横たわっているのは、おれだったかもしれん」

市之介は、かすかに身震いした。いまになって萱谷の腕のほどが分かったのである。

そこへ、彦次郎や増林たちが走り寄ってきた。

「憂国党の頭目を討ちとりましたね」

彦次郎が昂った声で言った。

「残るは、佐久間の霞捻りか……」

市之介が低い声で言った。双眸が夜陰のなかで、夜禽のようにひかっている。

第六章　死　闘

1

アアア……。

茂吉は大口をあけ、両手を突き上げて欠伸《あくび》をした。

一刻（二時間）ほど前から、茂吉は平永町に来ていた。菅谷が住んでいた借家のそばの笹藪の陰に身を隠し、佐久間が姿を見せるのを待っていたのだ。

市之介たちが、八木や菅谷を討った翌日、茂吉が青井家に顔を出すと、市之介に声をかけられ、

「茂吉、平永町の借家を見張ってくれんか」

と、頼まれた。

さらに、市之介は佐久間が借家に姿をあらわしたら、跡を尾《つ》けて行き先をつきとめるよう話した。

「あっし、ひとりですかい」

すぐに、茂吉は訊《き》いた。

「おれは、八木道場を見張る。相手は佐久間である。ひとりでは心細かったのだ。

市之介が言った。

「糸川さまや佐々野さまは」

糸川には何人もの配下がいるので、張り込みはその者たちにやらせればいい、と茂吉は思ったのだ。

「糸川たちは、利根崎の家を見張るようだ。それに、木挽町の菅谷道場を探るらしいぞ。……憂国党が奪った金が、隠してあるようだ」

市之介が声をひそめて言った。

「しょうがねえ。ひとりでやるか」

茂吉が渋い顔をして言った。

そうしたやりとりがあって、茂吉はひとりで平永町に来ていたのだ。

……来ねえなァ。こんな見張りはやりたくねえが、旦那から、お手当てをもらっているからな。

茂吉が、そうつぶやいたときだった。

路地の先に、牢人らしい武士の姿が見えた。小袖に袴姿で黒鞘の大刀を一本だけ差していた。総髪で痩身である。

……やつだ！

茂吉は、牢人の体軀に見覚えがあった。市之介たちが憂国党に襲われたとき、市之介と闘った男である。そのときは、頭巾で顔を隠していたので顔は分からなかったが、体付きは覚えていたのだ。

牢人は仕舞屋の前で足をとめると、路地の左右に目をやってから板戸をあけて家に入った。

……佐久間にまちげえねえ。

茂吉は確信した。

茂吉は笹藪の陰から動かなかった。身を隠したまま仕舞屋の戸口に目をやっている。佐久間が出てくるまで待つのだ。茂吉の仕事は、佐久間の跡を尾けて行き先をつきとめることである。

なかなか、佐久間は出てこなかった。茂吉は、佐久間が裏口から出たのではないかと思い、様子を見るために笹藪の陰から出ようとした。

そのとき、引き戸があいて、佐久間が姿を見せた。風呂敷包みを持っていた。

どうやら、何か取りに古巣にもどったらしい。

佐久間は、茂吉の前を通り過ぎた。

茂吉は、佐久間が一町ほど離れてから笹藪の陰から路地に出た。佐久間は路地を表通りにむかって歩いていく。

茂吉は路傍の樹陰や店屋の脇などに身を隠しながら佐久間の跡を尾けた。

佐久間は表通りに出ると、小柳町を通り過ぎて須田町《すだちょう》の路地に入った。そこは、一膳めし屋、そば屋、小料理屋など飲み食いできる店の目につく横町だった。佐久間はその横町をいっとき歩き、小料理屋らしい店の前で足をとめた。

佐久間は、路地の左右に目をやった後、格子戸をあけてなかに入った。

……やつの塒《ねぐら》だ！

茂吉は直感した。

茂吉は通行人を装い、佐久間が入った店に近付いた。やはり、小料理屋だった。小洒落た店で、戸口は格子戸で脇に掛け行灯があった。それに、「小料理　紅葉《もみじ》屋《や》」と記してあった。

戸口に近付くと、くぐもったような話し声が聞こえた。男と女の声であることは分かったが、何を話しているか聞き取れなかった。

茂吉は、すぐに店の前から離れた。近所で、紅葉屋のことを聞き込んでみようと思ったのだ。

横町を一町ほど歩くと、酒屋があった。店先に水をはった桶が置いてあった。そこで、徳利を洗うのである。

茂吉が店のなかを覗くと、棚に酒樽、菰樽《こもだる》などが並んでいた。その前に貧乏徳利を提げた男が、店の親爺と何やら話していた。酒を買いにきた客らしい。

茂吉は男が貧乏徳利を提げて店から出てくるのを目にすると、

「旦那、ちょいと」

と、男に声をかけた。

「おれかい」

男が足をとめた。四十がらみで、赤ら顔だった。男の身辺から酒の匂いがした。酒好きらしい。

「旦那は、この近くに住んでるのかい」

茂吉が訊いた。

「この先の長屋だが、何か用か」

「歩きながらでいいんだが、訊きてえことがあってな」

茂吉は、男の歩調に合わせて歩きだした。

「そこに、紅葉屋ってえ小料理屋があるな」

「あるよ」

「前を通ったとき、女将らしい女が顔を出したのだ。……おれの知ってる女によく似てたんだが、女将の名を知ってるかい」

茂吉は、女将が佐久間の情婦《いろ》ではないかと思ったのだ。

「お滝《たき》さんだよ」

「おれの知ってる女と名がちがう。人違いかな」

茂吉は首をひねった。

「おめえさんの知ってる女ってえなあ、情婦《いろ》かい」

男が茂吉に身を寄せ、口許に薄笑いを浮かべた。

「情婦じゃァねえよ。……それにな、もうひとつ気になることがあるんだ」

茂吉が急に声をひそめて言った。

「なんだい」

男の顔に好奇の色が浮いた。こうした色話が好きらしい。

「お滝が、店先に顔を出したのは、牢人ふうの男を出迎えるためよ。そいつと、やけに親しそうにしてたが、ただの客じゃァねえな」

茂吉が顔をしかめて言った。

「そいつは、お滝さんの情夫《いろ》だよ。おめえ、お滝さんはやめときな。下手に手を出すと、バッサリだぜ」

そう言って、男が首をすくめた。

「やっぱりな。……それで、あの牢人者は、紅葉屋に寝泊まりしてるのかい」

茂吉は、佐久間のことを聞き出そうとした。

「そうらしいな」

「いつからだい」

「半年ぐれえ前《めえ》からだな」

男によると、当初は客として飲みにくるだけだったが、近ごろは居続けらしいという。

「寝泊まりしてるんじゃァ、手は出せねえなあ」

茂吉は、おれのことは黙っててくんな、と男に声をかけて足をとめた。これだけ聞き込めば、十分である。

2

五ツ（午前八時）ごろだった。

市之介は、ひとり庭に出て木刀を構えた。高い八相だった。両肘を高くとり、木刀の先を天空にむけている。

市之介は脳裏に、佐久間を思い浮かべた。佐久間は、足を撞木《しゅもく》にひらいて青眼に構えた。佐久間は、この構えから霞捻りを遣ってくる。

……このままでは、佐久間に勝てぬ。

市之介はそう思い、探索や捕縛《ほばく》などの合間に、自邸の庭に出て霞捻りを破る工夫をつづけていたのだ。

今日も、昼過ぎから八木道場を見張るつもりだったが、それまでの間、庭で霞捻りを破るための独り稽古をするつもりだった。

これまでの独り稽古で、市之介は霞捻りを破るには、八相から真っ向に斬り込み、二の太刀を横に払うしかないとみていた。

だが、佐久間は霞捻りを遣うとき、大きく脇に跳ぶので、横に払った市之介の切っ先がとどかないのだ。

……脇に踏み込みながら、横に払うしかない。

と、市之介は思うようになっていた。

市之介は八相に構え、脳裏に描いた佐久間と対峙《たいじ》した。

ふたりの間合は、およそ三間半――。

市之介が、先《せん》をとって動いた。摺り足で、ジリジリと間合をつめていく。脳裏の佐久間も、足裏を摺るように動かして間合をつめ始めた。ふたりの間合が、一気にせばまってきた。

ふたりの間合が斬撃の間境から半間ほどにせばまったとき、いきなり市之介が踏み込み、八相から真っ向へ斬り込んだ。まだ、斬撃の間合に入っていない。初太刀は捨て太刀だったので、遠間から斬り込んだのである。

佐久間はわずかに、身を引いて切っ先をかわし、脇に跳んだ。

次の瞬間、佐久間は体を捻りながら真っ向へ――。霞捻りである。

すかさず、市之介は脇に一歩踏み込みざま、刀身を横に払った。

……斬られた！

と、市之介は感じた。

市之介の切っ先は、佐久間の胴をとらえていたが、その前に佐久間の切っ先は、市之介の頭を斬り割っていたのだ。

佐久間は体を捻るだけだが、市之介は一歩踏み込むために遅くなるのだ。

ふたたび、市之介は脳裏の佐久間と対峙した。

市之介は二の太刀を迅《はや》くするために、初太刀を真っ向ではなく、袈裟に斬り込んでみた。……袈裟の方が迅い！

袈裟に斬り込んだ方が、二の太刀が迅くなる。刀身を返すだけで、横に払えるからだ。

さらに、市之介は初太刀の踏み込みを深くし、二の太刀を浅くしてみた。わずかだが、その方が迅くなるような気がしたのである。

市之介は脳裏に描いた佐久間に対し、繰り返し繰り返し、斬り込んだ。顔を汗がつたい、息が荒くなってきた。独り稽古とはいえ、真剣勝負と変わらない動きをつづけたからである。

「旦那ァ、旦那ァ」

背後で、茂吉の声がした。

市之介は木刀を下ろし、

「茂吉、どうした」

額の汗を手の甲で拭いながら訊いた。

「佐久間の居所をつかみやしたぜ」

茂吉が目をひからせて言った。

「どこにいた」

「須田町の小料理屋でさァ」

茂吉によると、佐久間は紅葉屋という小料理屋に、女将の情夫として寝泊まりしているという。

「それで、平永町の借家にはいなかったのか」

「へい」

「小料理屋が新しい塒か」

「旦那、どうしやす」

「佐久間は討つつもりだが……」

市之介は迷った。ひとりで、佐久間を討てる自信がなかったのだ。市之介ひとりで佐久間と立ち合い、後れをとるようなことになれば、佐久間は隠れ家を変え、さらに討ち取るのがむずかしくなるだろう。

「糸川にも、知らせよう」

市之介は糸川の手も借りようと思った。

翌日、和泉橋のたもとに、六人の男が集まった。市之介、糸川、彦次郎、繁川、増林、それに茂吉である。

市之介は茂吉から話を聞いた後、糸川に佐久間の居所が知れたことを伝えた。すると、糸川が彦次郎たち三人に、今日、和泉橋のたもとに集まるように知らせたのである。

七ツ（午後四時）ごろだった。空が雲におおわれ、夕暮れ時のように薄暗かった。ふだんより、和泉橋を行き来する人の姿もすくないようだ。

「茂吉、案内してくれ」

市之介が茂吉に声をかけた。

「へい」

茂吉が先にたって和泉橋を渡った。

柳原通りを経て小柳町に入ったとき、

「糸川、佐久間はおれに討たせてくれんか。霞捻りと立ち合ってみたいのだ」

市之介が、彦次郎たちにも聞こえる声で言った。

当初から、市之介は佐久間と立ち合うつもりでいた。糸川たちに話したのは、市之介が敗れたときに、佐久間を討ち取ってもらうためである。

「青井が、佐久間と立ち合うつもりでいるのは、承知していた」

糸川が言った。

彦次郎たちは、黙って市之介と糸川の話を聞いている。

「青井が、霞捻りと立ち合いたい気持ちは分かる。だが、青井が、あやういとみたら助太刀するぞ」

糸川が静かだが、強いひびきのある声で言った。

「……」

市之介は無言でうなずいた。

そんなやりとりをしている間に、市之介たちは紅葉屋のある横町に入った。一町ほど歩くと、茂吉は路傍に足をとめ、

「そこのそば屋の斜向かいにある小料理屋でさァ」

そう言って、指差した。

「佐久間は、いるかな」

「いるはずだが、ちょいと見てきやす」

そう言い残し、茂吉は足早に紅葉屋にむかった。

茂吉は紅葉屋の戸口の格子戸に身を寄せて、なかの様子をうかがっていたが、いっときするともどってきた。

「いやす。店のなかで、女将と佐久間らしい男の声がしやした」

「そうか」

市之介は、紅葉屋の周囲に目をやった。小料理屋のなかで、立ち合いはできない。佐久間を引き出して闘う場所を探したのだ。

路地でもいいが、ちらほら行き来する人の姿があった。闘いを見て、騒ぎたてる者がいるのではあるまいか。

市之介は、そば屋の脇が空き地になっているのを目にとめた。店屋があって取り壊した跡地らしいが、立ち合うには十分のひろさがあった。多少足場は悪いが、路地よりはいいだろう。

「そば屋の脇の空き地に引き出す。糸川たちは、そこにいてくれ」

「承知した」

「先に、行くぞ」

市之介は紅葉屋に足をむけた。

茂吉が慌てた様子で、市之介についてきた。

3

市之介は紅葉屋の格子戸をあけた。なかは薄暗かった。土間の先が小上がりになっていて、その先に障子がたててあった。客を入れる小座敷があるらしい。

小上がりに、職人ふうの男がふたり酒を飲んでいた。ふたりは市之介に顔をむけたが、何も言わなかった。女将と佐久間の姿はなかった。

「いらっしゃい」

小上がりの奥で女の声がし、すぐに障子があいた。姿を見せたのは年増だった。女将のお滝らしい。

「佐久間はいるかな」

市之介が小声で訊いた。

「いますけど……。どなたですか」

お滝が訝しそうな顔をして訊いた。

「青井市之介が来たと伝えてくれないか」

「青井さまですか」

お滝は小上がりの奥の座敷にもどり、そこにいる客となにやら話しているようだった。そのとき、お滝が、佐久間の旦那、と呼ぶ声が聞こえた。座敷にいるのは客ではなく、佐久間である。

障子があき、お滝につづいて佐久間が顔を出した。手に黒鞘の大刀を引っ提げている。

「青井か。よく、ここが分かったな」

佐久間が市之介を見すえて言った。

「いろいろ探してな。やっと、ここを突きとめたのだ」

「どうするつもりだ」

佐久間が訊いた。

「ここは狭い。それに、商売の邪魔になるぞ」

市之介は、外で立ち合うことを佐久間に知らせたのだ。

「いいだろう」

佐久間は座敷から小上がりに出てきた。

お滝がおろおろしながら、

「お、おまえさん、何をするんだい」

と、訊いた。佐久間が斬り合いをする気なのを察知したようだ。

佐久間は、お滝には何も答えず、店の外に出た。そして、路地の左右に目をやり、討っ手がいないのを確かめてから、

「どこでやる」

と、市之介に訊いた。佐久間は、路地で立ち合いたくないと思ったらしい。

「そこの空き地だ」

市之介がそば屋の脇の空き地を指差した。

空き地に、糸川たちの姿はなかった。そば屋の裏手にまわって、身を隠していたのだ。

空き地は薄暗かった。風があり、雑草が揺れている。

「いいだろう」

佐久間は市之介についてきた。

空き地の足場は、それほど悪くなかった。雑草が生い茂っていたが、茨《いばら》や足に

絡まる蔓草《つるくさ》はなかった。

　市之介と佐久間が空き地のなかほどで対峙したとき、そば屋の裏手から、糸川たちが姿をあらわした。

「おのれ！　はかったな」

　佐久間が怒りの声を上げた。

「はかったわけではない。おぬしと立ち合うのは、おれひとりだ。そこにいる者たちは、検分役と思ってもらいたい」

　市之介は言いざま、抜刀した。

「皆殺しにしてくれる！」

　佐久間も抜いた。

　ふたりの立ち合い間合は、およそ三間半――。

　市之介は八相に構えた。両肘を高くとり、刀身を垂直に立てていた。脳裏に描いた佐久間を相手に、独り稽古をつづけていたときと同じ構えである。

　佐久間は青眼だが、両足を馬庭念流独特の撞木にとった。隙のない、どっしりと腰の据わった構えである。

　ふたりは、対峙したまま動かなかった。しだいに、ふたりの全身に気勢が満ち、剣気が高まってきた。薄暗い空き地のなかで、ふたりの刀身が銀蛇のようにひかっている。

「いくぞ！」

先《せん》をとったのは、佐久間だった。

佐久間の足元で、ズッ、ズッ、と音がした。爪先で、雑草を分けるようにして間合をつめてくる。

市之介も動いた。爪先から前に出し、足場を探りながら間合をつめ始めた。ふたりは痺れるような剣気をはなち、敵の気の動きを読みながら間合を寄せていく。

ふいに、佐久間の寄り身がとまり、市之介も動きをとめた。一足一刀の斬撃の間境まで、半間ほどの間合である。

ふたりは斬撃の間境を越える前に、敵の気を乱し、構えをくずしたかったのだ。ふたりは激しい剣気をはなち、気魄《きはく》で敵を攻めた。気攻《きぜ》めである。

ふたりは、動かない。激しい気と気がぶつかっている。

そのとき、一陣の風が、ふたりの足元の雑草を揺らした。その風が、ふたりの剣の磁場を劈《つんざ》いた。

瞬間、市之介に斬撃の気がはしり、体が躍った。

タアッ！

市之介が鋭い気合を発し、一歩踏み込み、八相から袈裟に斬り込んだ。遠間からの仕掛けである。

咄嗟に、佐久間は身を引いて市之介の斬撃をかわし、脇に跳んだ。

すかさず、佐久間は体を捻りながら真っ向に斬り込んだ。市之介の目に閃光《せんこう》がかすかに映じただけで、太刀筋も見えなかった。霞捻りである。

市之介は脇に踏み込みざま、刀身を横に払った。

その瞬間、市之介の左袖が縦に裂け、わずかに疼痛を感じた。佐久間の切っ先は、市之介の左の二の腕をとらえ、市之介の切っ先は、佐久間の脇腹をかすめて空を切った。

市之介は弾かれたように背後に大きく跳んだ。佐久間も、一歩身を引いた。

ふたりは間合をとると、ふたたび八相と青眼に構えて対峙した。

市之介の左腕の傷は浅手だった。薄く皮肉を裂かれただけである。

「浅かったか」

佐久間が低い声で言った。双眸《そうぼう》が底びかりしている。

4

このとき、空き地の隅にいた糸川たちが動いた。市之介が左腕を斬られたのを見て、助太刀しようと思ったらしい。

「まだだ！」

市之介が声を上げた。

市之介の顔が赤みを帯び、双眸が燃えるようにひかっていた。市之介の全身が、激しい闘気につつまれている。

糸川たちは足をとめた。市之介の気魄に、押されたのである。

市之介は八相の構えを低くし、刀身をすこし寝かせた。八相から斬撃を迅くするためである。

市之介が先《せん》をとった。爪先から前に出し、すこしずつ間合をつめていく。

佐久間も動いた。爪先で雑草を分けるようにして、ジリジリと間合をつめてくる。

市之介は気魄で佐久間を攻めながら間合をつめ、斬撃の間境から一歩のところで寄り身をとめた。先ほど仕掛けた間合より、すこし狭まっていた。

……この間合なら、切っ先がとどく！

と、市之介は読んだのだ。

だが、佐久間の斬撃をあびる危険があった。

佐久間が全身に激しい気魄を込めて攻めてきた。市之介の気を乱し、一瞬の隙をついて斬り込もうとしているのだ。

タアッ！

突如、市之介が鋭い気合を発した。

次の瞬間、市之介の体が躍り、閃光がはしった。

八相から袈裟へ――。

するどい切っ先が、佐久間の肩先を襲った。初太刀は捨て太刀だったが、市之介の切っ先は佐久間をとらえそうだった。

佐久間はすばやく身を引いて市之介の切っ先をかわしたが、わずかに体勢がくずれた。市之介の斬撃が迅く、深かったため、大きく身を引いたからだ。

次の瞬間、佐久間は脇に跳んだ。

ほぼ同時に市之介も脇に跳び、二の太刀をはなった。

市之介は刀身を横に払い、佐久間は体を捻りながら真っ向へ斬り込んだ。一瞬の攻防である。

市之介の切っ先は、佐久間の脇腹をとらえ、佐久間の切っ先は市之介の左の二の腕を縦に斬り裂いた。佐久間の体勢がくずれたため、霞捻りの真っ向への太刀が、二の腕をとらえたのだ。

ふたりは二の太刀をはなった後、弾かれたように後ろに跳んで間合をとった。

佐久間は青眼に構えたが、切っ先が揺れていた。脇腹が裂け、赤くひらいた傷口から臓腑が覗いている。

市之介の左腕からも血が流れ出ていた。さきほどより、深い傷らしい。ただ、八相の構えはくずれていなかった。腕の筋や骨まで達する傷ではないようだ。

「佐久間、これまでだ。刀を引け！」

市之介が強い声で言った。

「まだだ！」

佐久間が顔をしかめて叫んだ。目をつり上げ、歯を剝き出していた。般若を思わせるような形相である。

佐久間が低い呻き声を上げ、間合をつめてきた。足許の雑草が、ザワッ、ザワッ、と揺れた。寄り足が乱れているのだ。
市之介は動かなかった。気を静めて、佐久間との間合と斬撃の起こりを読んでいる。

佐久間は一気に斬撃の間境に迫り、斬り込んでくる気配を見せた。

……捨て身でくる！

と、市之介は読んだ。

佐久間は斬撃の間境を越えるや否や、仕掛けた。

イヤアッ！

裂帛《れっぱく》の気合を発し、真っ向へ。たたき付けるような斬撃だった。

刹那、市之介は八相から袈裟に斬り込んだ。

真っ向と袈裟――。

ふたりの刀身が合致した瞬間、佐久間の刀身が流れた。市之介が佐久間の刀身を弾いたのである。

間髪いれず、市之介が斬り込んだ。

真っ向へ――。

切っ先が佐久間の額をとらえた。

額から鼻にかけて、赤い線がはしった次の瞬間、額が割れ、血と脳漿《のうしょう》が飛び散った。佐久間の顔がゆがみ、腰からくずれるように転倒した。

地面に仰向けに倒れた佐久間は、動かなかった。体が痙攣しているだけである。凄絶な死顔だった。佐久間の顔は血塗れで、カッと瞠《みひら》いた両眼が、浮き上がったように見えていた。口もあんぐりあけたままである。

市之介は佐久間の脇に立ち、

「あやうかった……」

と、つぶやいた後、刀身に血振《ちぶ》り（刀を振って血を切る）をくれ、静かに納刀した。

市之介の体を駆け巡っていた血の滾《たぎ》りが静まり、けわしい顔がいつもの穏やかな表情にもどってきた。

そこへ、糸川たちと茂吉が走り寄ってきた。

「青井、大事ないか」

糸川が市之介の左腕に目をやって訊いた。

「かすり傷だ」

かすり傷ではなかったが、腕を失うような深手ではない。

「それにしても、さすがだ。佐久間の霞捻りを、見事に破ったな」

糸川が感心したように言った。

「いや、勝負は紙一重だった。それに、佐久間には奢りがあった」

市之介は、霞捻りを破るために独り稽古をつづけたが、佐久間は酒色に溺れていた。その差が、勝利につながったのだろう。

「終わったな」

糸川が静かな声で言った。

5

「兄上、おみえになりました」

佳乃が障子をあけるなり、声を上げた。

「だれが、来たのだ」

市之介は目を擦りながら身を起こした。座敷に横になって、居眠りをしていたのだ。

「佐々野さまと糸川さまです」

「何の用だ」

「お聞きしてませんが、今日は、座敷に上がっていただきますよ」

佳乃が、市之介を睨むように見すえて言った。彦次郎と玄関先で話しただけで、帰したことを根に持っているようだ。

「分かった。ここに、案内してくれ」

市之介は座りなおし、乱れた鬢《びん》を手で撫でつけた。無精な姿を見られたくなかったのである。

待つまでもなく、佳乃が糸川と彦次郎を連れて入ってきた。

「そこに、座ってくれ」

市之介は、ふたりに腰を下ろさせた。

佳乃は、すました顔をして市之介の脇に腰を下ろそうとした。男たちの話にくわわる気らしい。

「佳乃、茶を頼みたいのだがな、母上に話してくれんか」

市之介は、糸川たちの話が終わるまで佳乃を遠ざけておきたかった。母親のつるは、奥の座敷にいるはずである。

「は、はい」

佳乃は慌てて立ち上がり、糸川と彦次郎に頭を下げてから座敷を出ていった。

「まったく、いい歳をして、まだ子供なんだから」

市之介は苦笑いを浮かべた。

「おれの妹も同じだよ」

糸川にも、おみつという年頃の妹がいたのだ。

「ところで、今日は何の話だ」

糸川と彦次郎がそろって来たところをみると、何か市之介に話すことがあるにちがいない。

「やっと、憂国党の件の始末がついたのでな。青井の耳にも入れておこうと思って来たのだ」

糸川が言うと、彦次郎がうなずいた。

市之介たちが、佐久間を討ち取って半月ほど過ぎていた。この間、糸川は大草の指図を受け、事件の後始末に当たっていたはずである。

「そうか。まず、彦次郎に聞きたいのだが、納屋に監禁していた三人は、どうなった」

市之介は、北畑、猪造、おまさの三人が、その後、どうなったか気になっていたのだ。

「そ、それが、北畑は腹を切りました」

彦次郎が、声をつまらせて言った。

「腹を切ったと」

市之介は驚いた。北畑が自害するとは思っていなかったのだ。

「はい、それがしが目を離した隙に、首を切って……」

彦次郎が苦悶に顔をゆがめた。自責の念に駆られているようだ。

彦次郎によると、ちかごろ北畑は従順で逃走する様子はまったくなかったので、食事や厠に連れていくときは、縄を解いたという。

夕餉のとき、たまたま家にいた彦次郎が握りめしを運んでいき、北畑の縄を解いたそうだ。すると、北畑はいきなり手を伸ばして彦次郎の腰の小刀を奪い、己の首を掻き切ったという。

「咄嗟のことで、とめることができませんでした」

そう言って、彦次郎はうなだれた。

「それで、よかったのかもしれんぞ。……おそらく、北畑は自分の犯した罪が、実家に及ぶのを避けようとしたのだ」

北畑は御家人の三男坊だった。北畑は、憂国党のひとりとして商家に押し入ったわけではないが、一味にくわわっていたとみなされていた。北畑が憂国党のひとりということになれば、北畑家は家禄を失うかもしれない。

「猪造とおまさは」

市之介は糸川に訊いた。

「御目付のお指図もあって、ふたりは野宮どのに引き渡したのだ」

糸川によると、大草から、猪造とおまさを憂国党にかかわった者として、町方に引き渡すよう指示があったという。

「町方は、憂国党をひとりも捕らえられなかったとなると、顔がつぶれる。おそらく、町方は猪造とおまさを引き取り、事件にかかわった町人は捕らえたことにするのだろう。それに、武士はみな斬られたり自害したりしている。捕縛できなかったとしても、何の非難も受けまい」

「町奉行の顔はたつわけか」

「まァ、そうだ。おれたちも、猪造とおまさを罰するわけにはいかないし、これでよかったのかもしれん」

糸川がほっとした顔をした。

「ところで、一味が奪った金だが、どうなった」

猪造の話では、菅谷道場に隠してあるとのことだった。

「道場の床下に隠してあったよ」

「千両箱ごとか」

市之介が身を乗り出して訊いた。

「そうだ。多少、使ったらしいが、おれたちは千両箱を取り出して調べなかったので、よく分からん」

「床下から取り出さなかったのか」

「そのままにしておいた」

「どうしてだ」

市之介が声を大きくして訊いた。

「まさか、おれたちで、その金を山分けするわけにはいくまい」

「それは、そうだが……」

「町方が、猪造を吟味する。そのとき、猪造は、奪った金は道場の床下に隠してあることを話すはずだ。町方が道場に出向いて床下を調べ、そこに金がなかったらどうなる。……おれたちが、奪ったことはすぐにばれるぞ」

「うむ……」

市之介は渋い顔をした。

「後は、町方にまかせるしかないな」

糸川がさばさばした口調で言った。

そのとき、障子があいて、つると佳乃が入ってきた。佳乃が、湯飲みを載せた盆を手にしていた。

ふたりは、殊勝な顔をして市之介の脇に座ると、

「茶がはいりましたよ」

と、つるが言った。

佳乃は、先に糸川の膝先に湯飲みを置いた。つづいて、彦次郎の膝先に湯飲みを差し出したとき、彦次郎と視線が合ったらしく、頬が赤らんだ。

彦次郎は何も言わず、視線を市之介にもどしたが、佳乃は市之介の脇に座し、もじもじしながら彦次郎に目をやっている。

「世間を騒がせた憂国党も、つかまったそうですね」

つるが、他人事のような物言いをした。

「はい、これで、江戸の町も静かになります」

糸川も、世間話のような話し方をした。

「陽気もよくなったし、みなさんで、どこかにお参りにでも出かけませんか」

つるが、目を細めて言った。

つるは浅草寺のお参りのことを覚えていて、持ち出したようだ。

「ねえ、そうしましょう。浅草寺がいいわ」

佳乃が身を乗り出した。

「い、いや、糸川も彦次郎も忙しい身だからな。遊山など、とてもとても……。そうだな、糸川」

慌てて、市之介が言った。

大草からの手当ては、まだ残っていたが、だいぶすくなくなっている。大勢で遊山などに出かけるほどの余裕はない。

「おれは行けぬが、彦次郎、おまえ、青井にお供して出かけたらどうだ」

糸川が言った。

「わたしも……」

彦次郎が困惑したような顔をした。

「たまには、羽を伸ばして、うまい物でも食ってこい」

糸川が笑みを浮かべて言った。

「で、では、お供させていただきます」

彦次郎が、仕方なさそうに承知した。

「兄上、彦次郎さまが、ご一緒してくれるそうです」

佳乃が嬉しそうな顔をした。

「うむ……」

市之介は胸の内で、彦次郎め、断ればいいのに、と思ったが、後の祭りである。

市之介は渋い顔をして膝先の湯飲みに手を伸ばし、冷めた茶を飲んだ。

本書は書き下ろしです。

実業之日本社文庫　好評既刊

実業之日本社文庫　好評既刊

風野真知雄
消えた将軍　大奥同心・村雨広の純心2
紀州藩主・徳川吉宗が仕掛ける幼い将軍・家継の暗殺計画に剣豪同心が敢然と立ち向かう！　長編時代書き下ろし、待望のシリーズ第2弾！
か13

風野真知雄
江戸城仰天　大奥同心・村雨広の純心3
将軍・徳川家継の跡目を争う、紀州藩吉宗ら御三家の陰謀に大奥同心・村雨広は必殺の剣「月光」で立ち向うが大奥は戦場に……好評シリーズいよいよ完結!!
か15

菊地秀行
真田十忍抄
真田幸村と配下の猿飛佐助は、家康に対し何を画策していたか？　大河ドラマで話題、大坂の陣前、幸村らの忍法戦を描く戦国時代活劇。（解説・縄田一男）
き15

倉阪鬼一郎
大江戸隠密おもかげ堂　笑う七福神
七福神の判じ物を現場に置く辻斬り。隠密同心を助ける人形師兄妹が、闇の辻斬り一味に迫る。人情味あふれる書き下ろしシリーズ。
く42

出久根達郎
将軍家の秘宝　献上道中騒動記
山奥に眠る謎のお宝とは？　読心術を心得た若僧、山女、幕府の密命を帯びた男たちが信州の山を駆ける、痛快アクション時代活劇。（解説・清原康正）
て12

東郷　隆
狙うて候（上）　銃豪　村田経芳の生涯
名狙撃手にして日本初の国産小銃「村田銃」を開発、幕末から明治にかけて活躍した技術者・村田経芳の生涯を描く、新田次郎文学賞受賞の巨編！
と31

実業之日本社文庫　好評既刊

実業之日本社文庫 と2 10

妖《よう》剣《けん》跳《おど》る　剣客《けんかく》旗本《はたもと》奮闘《ふんとう》記《き》

2016年4月15日　初版第1刷発行

著　者　鳥《と》羽《ば》亮《りょう》

発行者　増田義和
発行所　株式会社実業之日本社
〒104-8233　東京都中央区京橋 3-7-5 京橋スクエア
電話 [編集]03(3562)2051 [販売]03(3535)4441
ホームページ　http://www.j-n.co.jp/
DTP　株式会社ラッシュ
印刷所　大日本印刷株式会社
製本所　大日本印刷株式会社

フォーマットデザイン　鈴木正道(Suzuki Design)

ISBN978-4-408-55288-0（文芸）